언어의 요가

SABDA YOGA

Illustration © Rie Inoue
Original Design © Yuichi Urushihara(tento)
Original Editor © Hisako Murakami(anonima-studio)

언어의 요가

ことばのヨーガ

아카네 아키코

한귀숙 옮김 | 김서진 감수

शब्द योग

अकने अकिको

버터
북스

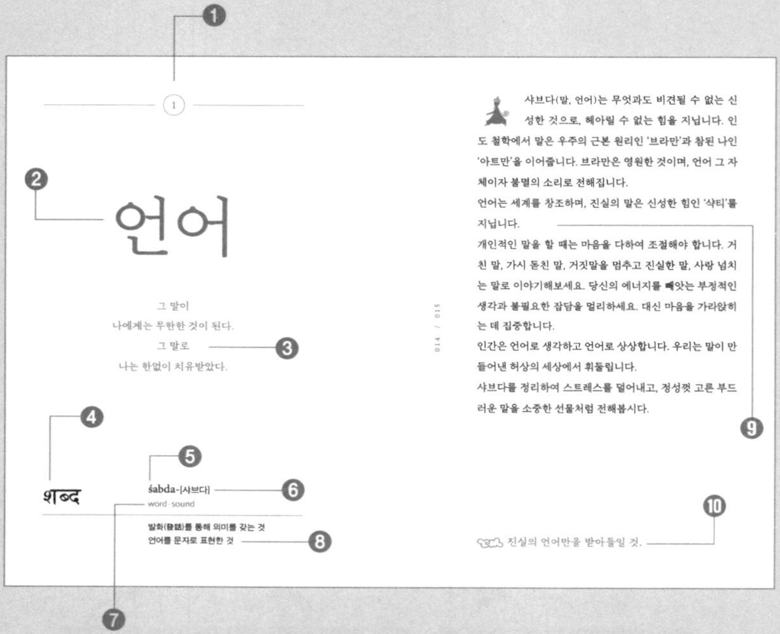
1

언어

그 말이
나에게는 무한한 것이 된다.
그 말로
나는 한없이 치유받았다.

शब्द

śabda-[샤브다]
word·sound

발화(發話)를 통해 의미를 갖는 것
언어를 문자로 표현한 것

014 / 015

샤브다(말, 언어)는 무엇과도 비견될 수 없는 신성한 것으로, 헤아릴 수 없는 힘을 지닙니다. 인도 철학에서 말은 우주의 근본 원리인 '브라만'과 참된 나인 '아트만'을 이어줍니다. 브라만은 영원한 것이며, 언어 그 자체이자 불멸의 소리로 전해집니다.
언어는 세계를 창조하며, 진실의 말은 신성한 힘인 '샥티'를 지닙니다.
개인적인 말을 할 때는 마음을 다하여 조절해야 합니다. 거친 말, 가시 돋친 말, 거짓말을 멈추고 진실한 말, 사랑 넘치는 말로 이야기해보세요. 당신의 에너지를 빼앗는 부정적인 생각과 불필요한 잡담을 멀리하세요. 대신 마음을 가라앉히는 데 집중합니다.
인간은 언어로 생각하고 언어로 상상합니다. 우리는 말이 만들어낸 허상의 세상에서 휘둘립니다.
샤브다를 정리하여 스트레스를 덜어내고, 정성껏 고른 부드러운 말을 소중한 선물처럼 전해봅시다.

진실의 언어만을 받아들일 것.

이 책을 읽는 법

❶ 일련번호
❷ 우리말로 표현한 요가의 언어
❸ 시로 표현한 요가의 언어
❹ 산스크리트어 표기
❺ 산스크리트어 발음에 대한 알파벳 표기(어말 변화가 있을 경우 '-'로 표기)
❻ 우리말로 읽은 산스크리트어 발음
❼ 영어로 옮긴 요가의 언어
❽ 사전적 의미
❾ 요긴의 이야기
❿ 요가적으로 생각하고 실천하도록 권하는 한마디

시작하며

•

바람처럼 자유로운 요긴(요가 수행자)의 삶을 동경했습니다.
하지만 바람처럼 살기란 어려운 법이라
늘 불안하고 걱정이 끊이지 않고 갈팡질팡했습니다.
5천 년에 걸쳐 전해진 요가는
인생의 고통에서 벗어나기 위한 수행법입니다.
요가의 말들은 인도의 고대 언어 '산스크리트어'로
기록되어 있습니다.
그 한마디 한마디에 요가적 의미가 함축되어 있습니다.
요긴이 들려주는 요가 이야기에 귀를 기울여보세요.
그 언어의 요가가 마음에 쌓인 불안을 해소할 방향을
가만히 비춰줍니다.
요가의 말에 깃든 뜻이 마음 깊은 곳을 울릴 때,
진정한 자신을 만나게 하는 말과
본래의 나 자신에게 가닿게 하는 말이
우리를 새로운 삶으로 이끕니다.

차례

이 책에 쓰인 산스크리트어 발음은 국제음성기호(IPA)를 바탕으로 국립국어연구원의 외래어 표기법을 존중하여 표기한 것입니다. 산스크리트어는 역사가 깊고 사용 지역도 광범위해 발음 체계 또한 매우 다양합니다. 독자가 이전에 접한 발음과 다를 수 있습니다. 양해 부탁드립니다.

언어의 요가

शब्द योग

1

언어

그 말이

나에게는 무한한 것이 된다.

그 말로

나는 한없이 치유받았다.

शब्द

śabda-[샤브다]

word·sound

발화(發話)를 통해 의미를 갖는 것

언어를 문자로 표현한 것

샤브다(말, 언어)는 무엇과도 비견될 수 없는 신성한 것으로, 헤아릴 수 없는 힘을 지닙니다. 인도 철학에서 말은 우주의 근본 원리인 '브라만'과 참된 나인 '아트만'을 이어줍니다. 브라만은 영원한 것이며, 언어 그 자체이자 불멸의 소리로 전해집니다.

언어는 세계를 창조하며, 진실의 말은 신성한 힘인 '샥티'를 지닙니다.

개인적인 말을 할 때는 마음을 다하여 조절해야 합니다. 거친 말, 가시 돋친 말, 거짓말을 멈추고 진실한 말, 사랑 넘치는 말로 이야기해보세요. 당신의 에너지를 빼앗는 부정적인 생각과 불필요한 잡담을 멀리하세요. 대신 마음을 가라앉히는 데 집중합니다.

인간은 언어로 생각하고 언어로 상상합니다. 우리는 말이 만들어낸 허상의 세상에서 휘둘립니다.

샤브다를 정리하여 스트레스를 덜어내고, 정성껏 고른 부드러운 말을 소중한 선물처럼 전해봅시다.

진실의 언어만을 받아들일 것.

2

요가

요가와

함께하는 나날

마음 깊이

자유를 호흡한다.

योग

yoga-[요가]

yoga · the control of the mind

결합, 집중, 깊은 명상, 통찰

요가는 인도에서 5천여 년에 걸쳐 전해 내려오는 비법으로 일컬어집니다. 그 시작은 기원전으로 거슬러 올라갑니다. 기원전·후로 인도의 철학은 여섯 가지 학파(바이셰쉬카, 푸르마-미망사, 니야야, 베단타, 상키야, 요가)로 발달했습니다. 그중 요가학파의 파탄잘리는 5세기경 편찬된 《요가수트라》에서 '요가는 마음의 작용을 멈추게 하는 것'이라고 정의했습니다.

요가는 고통을 극복하는 방법으로 고안된 집중 수련법입니다. 또한 인간답고 지혜롭게 살기 위한 'A WAY OF LIFE(삶의 방법)'입니다. 요가를 통해 우리는 자유롭고 행복하게, 평화를 누릴 수 있습니다.

가만히 나 자신의 내면을 들여다보며 몸과 마음, 호흡을 조율합니다.

요가는 마음을 정화합니다. 요가 수행으로 지혜가 빛날 때 우리는 비로소 인생의 본질을 바로 볼 수 있게 됩니다.

요가라는 말 자체는 '결합'을 의미합니다. 남은 삶에서 무엇과 합을 이룰지는 저마다의 선택에 달려 있겠지요. 그 선택으로 인생이 결정됩니다. 바른 선택을 할 수 있도록 우리의 몸과 마음에 깊은 들숨과 날숨을 허락합니다.

마음이란, 언제든 변할 수 있는 것이다.

3

경전

신성한 씨실과

지혜의 날실로

직조된

영원의 수트라.

सूत्र

sūtra-[수트라]

sutra · scripture

종교나 학문에 대한 가르침을 풀어놓은 글

'수트라'는 사전적 의미로 실, 줄, 끈을 의미합니다.

한 가닥 실에 꽃 한 송이 한 송이를 엮어 아름다운 화관을 만들듯, 신성한 실로 성스러운 가르침과 문장을 꿰어 진리를 이룩했다는 뜻이 담겨 있습니다.

짧고 간결하게, 성스러운 문장으로 엮어낸 것이 바로 수트라(경전)입니다.

인도의 여섯 가지 철학 체계에서는 《바이셰쉬카 수트라》, 《미망사 수트라》, 《니야야 수트라》, 《베단타(브라만) 수트라》, 《요가수트라》 등이 전해집니다.

마음의 요가를 위한 경전인 《요가수트라》는 총 4장 195절로 이루어져 있습니다. 마음이 휘둘리고 혼란스럽고 괴로우며 방황하는 세상에서, 고통 없고 자유롭고 행복하며 평화로운 이상적인 세계로 이끄는 방법이 실려 있습니다. 그것은 삶이 무엇인지, 우리 자신을 어떻게 생각하고 살아가야 하는지에 대한 지침이 됩니다. 수트라는 언어로 표현된, 인간의 행복을 위한 깊은 지혜입니다.

행복해지기 위한 지혜가 있다.

4

평화

당신의

고요한 미소

내 마음에

평화를 안기다.

शान्ति

śānti - [샨티]

peace

정숙, 싸움이 없는 것

온화하고 안락한 상태

평정심을 유지하며 삶에 만족하고, 동요하거나 불만을 갖지 않은 상태. 우리는 이것을 '마음의 평화'라 부릅니다.

샨티(평화)는 내면의 평온함에서 생겨납니다. 우리의 마음속이 저마다 산란하여 평화를 이루지 못한다면, 끝내 세상의 평화로 이어질 수 없습니다. 그렇기에 우리는 다툼 없는 일상을 기원하고, 어떤 상황에서도 평화를 지향합니다.

요가 수련을 시작할 때 혹은 마칠 때 우리는 만트라(요가에서 반복적으로 외는 말이나 구절. 마음을 해방시키는 도구로 여겨집니다)를 욉니다.

"옴 샨티 샨티 샨티."

여기서 '옴'은 우주의 근원을 나타내며, '샨티'는 평화를 뜻합니다.

만트라를 외는 순간, 만트라에 내재된 의미와 같은 상태가 되고자 하는 진실의 진언眞言입니다.

'누구와도 다투지 않고, 싸우지 않겠다'고 마음속으로 다짐하면서, 항상 '샨티'를 되뇌며 마음속의 평화를 유지합니다.

평화는 우리 마음속에 존재한다.

5

마음

푸른 하늘처럼

맑은 마음

바람이 흘러가고

구름 한 점 없다.

चित्त

citta-[칫타]

heart· mind

마음. 인간의 정신작용

지성과 감정과 의식

'요가란, 마음의 작용을 멈추게 하는 것이다.'

우리의 마음에는 다섯 가지 상태가 있습니다.

첫째, 불안한 상태(크쉽타), 둘째, 어두운 상태(무다), 셋째, 산란한 상태(비크쉽타), 넷째, 집중한 상태(에카그라타), 다섯째, 지멸(니로다, 불이 꺼진 상태를 뜻하는 말로, 일체의 번뇌가 사라짐)의 상태.

첫째, 둘째, 셋째에 해당하는 마음 상태는 '잡념의 상태'입니다. 마음은 대상에 연결되어 움직입니다.

대상을 붓디(지각)하고, 이 붓디에 아항카라(자아의식)를 부여할 때 마나스(사고)가 일어납니다. 이 모든 과정을 '칫타'라 부릅니다. 요가는 우리에게 아항카라에서 아트만(참나)으로 옮겨갈 것을 권합니다.

대상인 세상은 언제나 혼란스럽고, 그 대상과 동일시될 때 마음 또한 혼란해집니다. 때로는 마음 그 자체로 문제를 일으키기도 합니다.

마음은 외부에 영향받아 시시각각 변합니다.

마음의 작용을 멈추게 하는 것, 그것이 바로 요가입니다.

작용

슬픈 이야기에도

수수께끼에도

작용하는 우리의 마음.

그렇게 매일이 흘러간다.

वृत्ति

vṛtti-[브릿티]

function

작용

어떠한 현상이 사물에 영향을 미치는 것

마음의 작용에는 여러 가지가 있습니다. 우리의 마음은 즐거운 일, 괴로운 일에 반응하지요. 더러 마음의 갈피를 못 잡고 인생을 허비하기도 합니다. 우리의 마음은 쾌락과 괴로움과 혼란을 오락가락하며 늘 방황하고 있습니다.

마음은 세속적인 이유로 흔들리기도 합니다. 그 마음의 작용이 멈추지 않는 한 정신적인 안정을 얻기 어렵습니다.

세속적인 대상, 즉 물질로부터 마음을 떼어놓아야 합니다. 욕망에서 벗어나야 합니다.

마음이 대상에 얽매이지 않도록 조절하기 위해 프라티야하라(감각 제어)와 다라나(한 점에 집중하는 방법), 디야나(마음을 하나로 모으는 명상)를 실천합니다. 마음의 다양한 브릿티(작용)인 번뇌를 멸하려면 끊임없는 요가 수련과 함께 욕망에서 벗어나는 연습이 필요합니다.

그렇게 칫타 브릿티(마음의 작용)가 사라질 때, 우리는 요가 수련의 정점인 완전한 집중의 상태에 이를 수 있습니다.

기분이 갈팡질팡하지 않도록
마음을 한곳에 집중하는 연습을 한다.

7

조절

인생이 그저
순리대로 흐를 수 있도록
마음의 흐름을
조절하다.

निरोध

nirodha-[니로다]
restriction· control

마음을 통제하고 의식에 집중하여
자기실현에 도달하는 것

있는 그대로의 나 자신을 바라보고 의식함으로써 자신을 통제하고 조절하는 습관을 들일 수 있습니다.
요가에서는 알아차리는 것을 정상이라 이르고, 알아차리지 못하는 것을 비정상이라 합니다.
평정한 상태의 나 자신을 바라보고 프라나, 즉 생명 에너지의 흐름을 살핍니다.
감정에 지배받지 않고 나 자신을 평온하게 유지하려면 내가 마음의 주인이 되어야 합니다. 생각이나 감정의 노예가 되지 않아야 합니다. 그러기 위해 평소 올바른 지성을 닦고 쌓는 것이 필요합니다.
사물을 올바르게 보는 방법을 관찰하고 분석해 지적 소양이 쌓이면, 비로소 고통에서 벗어나고 마음을 제어하게 되어 나 자신을 온전히 다스릴 수 있게 됩니다. 요가를 실천하여 정신을 집중하면 감각기관을 조절하여 외부의 시선과 평가에서 자유로워질 수 있습니다.

차분히 나 자신을 바라보고 정신의 흐름을 다잡다.

고통

고통의 밤에도
아침은 반드시 찾아온다.
고뇌하는 오늘도
태양은 나를 향하고 있다.

दुःख

duḥkha-[두카]
suffering · affliction

고통. 괴로움. 걱정
통증. 슬픔

인도 철학에서는 두카(고통)를 세 가지로 나눕니다.

첫째, 병이나 신체적 통증 등 육체적 괴로움과 걱정, 불안 등의 심리적 괴로움을 합한 개인적 고통.
둘째, 만나고 싶은 사람을 만나지 못하거나 만나고 싶지 않은 사람을 만날 수밖에 없어서 생기는 괴로움인 사회적 고통.
셋째, 지진, 태풍, 화산 폭발 등 자연재해에 맞닥뜨렸을 때의 괴로움인 천재지변의 고통.
그리고 이 각각의 고통을 극복하는 방법으로 고안된 것이 바로 요가입니다.
현자는 존재하는 모든 것에 고통이 따르고, 모든 것이 자신의 의지대로 이뤄지지 않는다는 것을 아는 사람입니다. 두카는 지금 내가 가진 것에 대한 집착에서 비롯되지요.
그러므로 요가 수행을 통해 반드시 단절해야 하는 것은 일어나지 않은 고통을 예상하는 '만약의 두카'입니다. 미래에 대한 집착에서 벗어나는 것만으로 마음의 평화를 되찾을 수 있습니다.

당신의 고통은 집착에서 비롯되었다.

9

초극

나라는 벽을
뛰어넘을 때
자유라는
바람을 느낀다.

अनभिघात

anabhighāta-[아나비가타]
non-affliction

고통을 뛰어넘는 일

살면서 어려움에 맞닥뜨리더라도 극복하기 위해 우리는 늘 자기 자신을 단련합니다. 아나비가타(초극)란 '고통이 없는 상태'를 뜻합니다. 기나긴 삶 속에서 우리가 얻고자 하는 것도 바로 고통이 없는 상태이지요.

인간은 살면서 병에 걸리기도 하고, 천재지변으로 피해를 입고, 가족과 친구의 죽음을 목도하는 등 예상하지 못한 불안과 슬픔에 휩싸입니다. 외부에서 일어나는 일에 의식을 집중하면 아주 작은 변화에도 불안해지지요. 그러나 요가 수련으로 내면을 들여다보고 집중하면 외부에서 일어나는 변화에 동요하지 않게 됩니다. 태만하고 우유부단하여 갈팡질팡하는 마음도 단단해질 수 있겠지요.

유약함이나 욕망에 휩쓸리지 않도록, 나 자신을 강인하게 담금질합니다.

보는 것, 듣는 것에 휘둘리지 않고, 집착하지 않으며 속박되지 않기. 그것만으로도 험난한 세파를 초월할 길이 열립니다. 그렇게만 된다면 더는 얽매임 없이 살아갈 수 있겠지요.

벽은 우리 스스로 만들고 있다.

집착

끝없이 무언가에
집착하고 있다면
눈을 감고
끝없는 우주를 떠올려보자.

सङ्ग

saṅga-[상가]
attachment

마음을 거세게 어지럽히는 것
갈피를 잡지 못하는 마음

지나치게 예민하고, 타인의 시선에서 자유롭지 못한 삶을 살고 있나요?

넘치는 물욕과 세속적인 것에 얽매이다 보면 고통이 밀려옵니다. 진실에서 멀어지고 마음이 동요되어 판단을 그르치게 되고, 마음은 어둠 속으로 내려앉고, 그렇게 우리는 인생의 갈피를 잃고 맙니다.

삶에서 연연해하는 생각이나 물건이 셀 수 없이 많다면, 지금 이 순간 있는 그대로의 나 자신이 불안하기 때문입니다. 사람들 사이에서 주목받고 싶고, 내가 가진 능력이나 자산으로 평가받고 싶기 때문입니다.

명성이나 지위에 현혹되어 그것을 자신의 자랑으로 삼는 건 무척 위험한 일입니다. 그 상가(집착)가 결국 당신을 고통에 빠트릴 것입니다.

마음을 환기하세요. 마음의 어둠과 얽매임에서 벗어나 집착의 굴레에서 자유로워지세요.

아주 작은 집착에서부터 하나씩 벗어나보자.

11

반다

나를 단단히 잠그고

하루를 보냈다.

그 옷을 벗고

욕조에 들어간다.

बन्ध

bandha-[반다]

bondage

묶어두는 것

자유를 속박하는 것

사람은 많은 것에 연연해하며 살아갑니다. 자기 자신을 옭아매는 경우도 많지요. 마음이란 것은 한없이 자유롭건만, 지난날의 기억이나 경험으로 스스로를 속박하고, 자유롭지 못한 상태로 이끌어갑니다. 반다(속박)에는 자연적으로 빚어지는 속박과 후천적으로 일어나는 속박, 개인의 의지로 인한 속박이 있습니다. 반다는 또한 요가 수행자가 고급 프라나야마 수련 시 근육을 수축하는 방법을 이르기도 합니다. 이때의 반다는 '잠금'으로 해석됩니다.

우선 긍정적인 의미로 '반다'를 해석해봅시다. 마음을 평온하게 유지할 수 있는 곳을 찾아 가만히 그곳을 바라봅니다. 나의 호흡에 의식을 집중하고, 숨소리에 귀 기울여보세요. 나를 둘러싼 혼란에서 해방되는 것을 느낄 수 있습니다.

부정적인 반다에서 벗어나기 위한 노력도 필요합니다. 육체를 옭아매고 마음의 평온함을 앗아가는 속박, 환경에 의한 속박과 태어날 때는 없었으나 삶 속에서 만들어진 속박, 나 스스로 만들어낸 속박…. 이것들은 대체 무엇일까요? 언제, 어디서 발생한 것인지 관찰하고 분석합니다. 그리고 그것이 본래 실체가 없는 것임을 인식하고, 하나하나 풀어내봅시다.

엉킨 실타래를 풀듯 머릿속에 뒤엉킨 것을 풀어내다.

12

목적

인생의 벗은
영원한 순례자.
인생의 목적지는
완전한 깨어남.

अर्थ

artha-[아르타]
purpose · aim

실현 혹은 도달하고자 지향하는 대상
인생의 네 가지 목적 중 물질적 번영

인도 철학에서는 인생의 목적을 크게 네 가지로 구분합니다.

첫째, 종교적 의무를 의미하는 다르마.

둘째, 부와 재산을 의미하는 아르타.

셋째, 성애를 의미하는 카마.

넷째, 해탈을 의미하는 모크샤.

이 네 가지 인생의 목적을 제대로 이해할 때 비로소 인생의 행복을 누리게 됩니다. 그리고 요가에서 말하는 인생의 아르타(목적)란 곧 '모크샤(해탈)'이지요.

내 인생의 목적이 무엇인가를 명백히 합니다. 요가에서는 자기 자신에게 '상칼파(의지와 의도)'를 표명합니다. 상칼파란 강인한 결의나 소원을 염원할 때 결국 현실이 되는 것을 의미합니다. 부정적인 생각을 걷어낼 때 인생의 목적이 드러납니다.

잡념이 생기면 목적을 이루기 어렵습니다. 고통의 원인인 번뇌가 없는 상태를 목적으로 삼고, 행위의 요가(고행, 자기 학습, 기원)로 몸과 입, 의지를 다잡아봅니다. 우리는 이렇게 정신적으로 성장하여 나를 드높이고 완전한 집중의 경지에 이를 수 있습니다.

부정한 생각을 닦아내면 인생의 목적이 드러난다.

13

의존

손에 쥐고 싶은 욕망
잃고 싶지 않은 불안
모두 놓아버리고
표표히 산책에 나서다.

पारतन्त्र्य

pāratantrya-[파라탄트랴-]
dependence

다른 것에 의지하여 존재하며
무언가에 기대어 생활하는 것

요가는 파라탄트랴(의존)에서 벗어난 완전한 자립을 지향합니다.

인간은 여러 가지에 의존한 채로 살아갑니다.
나 자신이 무엇에 의존하는지, 의존하는 사람과 사물이 과연 무엇인지 파악합니다. 그러려면 먼저 나 자신을 알아야 하고 집중해야 합니다.
본래의 나(참나)와 표면적인 나(육체나 감정)를 구별합니다. 그것을 이해함으로써 나 자신이 이미 충만함을 깨달을 때 육체나 감정에 대한 의존에서 벗어날 수 있습니다.
인간의 육체와 감정은, 그리고 나의 육체와 감정은 시시각각 변합니다. 변하는 것에 의존할 수는 없습니다.
의존하지 말고 자립하세요. 의존하지 말고 공존하세요.

나 자신을 채우고 외로움에서 벗어나
의존에서 멀어진다.

14

노력

누구도 인정해주지 않아도

아무도 돌아봐주지 않아도

오늘 조금 더 노력하는 것으로

나 자신을 지탱할 수 있다.

यत्न

yatna-[야트나]

effort

최선을 다해 노력하는 것

야트나(노력)는 목표한 경지에 다다르도록 매진하는 것을 뜻합니다. 목표에 다다르고자 하는 강한 신념이 노력을 만들어냅니다.
요가의 목표에 다가가고자 마음을 다잡으려면 우선 곧고 바른 자세로 앉아야 합니다. 처음에는 몸에 불편한 곳이 생기고 다리가 저려 의식이 몸으로 쏠리고 정신을 집중할 수 없습니다. 몸의 어느 곳에도 힘이 들어가지 않은 상태로, 몸을 잊고 앉아 있을 수 있도록 단련합니다. 그리하여 몸의 긴장감이 사라지고 안정할 수 있습니다.
그런 다음 마음의 동요를 멈추는 노력을 합니다. 이를 위해 호흡을 정돈해야 합니다.
회피하고 싶은 마음, 욕망으로 흘러가는 마음을 억제하고 노력을 지속하는 것이 중요합니다. 하루하루 정신적으로 성장하려는 강한 열망이 원동력이 됩니다.
노력하는 삶 끝에 비로소 노력이 필요 없는 경지에 이르는 날도 찾아올 겁니다.

작은 노력이 내일의 나를 이끈다.

야마

마음속 지옥에서
헤매지 않도록
야마를 지켜
마음의 평안으로 걸어가다.

यम

yama-[야마]
restraint · self-control

윤리적 제한
금계

《요가수트라》는 요가 수행자가 실천해야 하는 여덟 단계를 소개합니다. 그것은 야마, 즉 금계禁戒·니야마, 즉 권계勸戒·아사나, 즉 좌법坐法·프라나야마, 즉 호흡 조절調氣法·프라티야하라, 즉 감각 제어制感法·다라나, 즉 집중集中法·디야나, 즉 명상瞑想·사마디, 즉 삼매三昧입니다.

그중 야마(금계)는 첫째, 아힘사(폭력을 휘두르지 않음), 둘째, 정직(거짓말하지 않음), 셋째, 불도(도둑질하지 않음), 넷째, 금욕(성적 컨트롤), 다섯째, 불탐(욕심내지 않음)과 같은 다섯 가지로 이뤄집니다.

'계戒'는 지켜야 할 행동의 규범을 가리키며 바른 행동과 좋은 습관을 의미합니다.

습관은 우리의 인생을 이끕니다. 육체의 건강을 지키는 것과 정신적 만족을 얻는 것 또한 습관의 영향을 받고요.

'야마'는 도덕적 관습을 나타내는 것으로, 사회 구성원으로서 지켜야 하는 규칙입니다. 야마를 실천할 때 마음의 평안을 얻을 수 있습니다. 그렇게 사회 질서가 유지되고, 우리는 욕망에서 비롯된 고통에서 자유로워집니다.

규칙을 지키며 생활을 영위하는 것으로
마음의 자유를 얻는다.

16

아힘사

마하트마 간디는
아힘사로 인도의 독립을 이뤘다.
우리는 아힘사로
복잡한 인간관계에서 독립한다.

अहिंसा

ahiṃsā-[아힘사]
non-injury· non-violence

비폭력. 살생하지 않는 것
침해하지 않는 것

누구에게도 해를 끼치지 않는 것. 생각이나 말이나 행동으로 자신이나 타인에게 고통을 주지 않는 것. 적대감을 버리는 것.

타인에게 상처를 주고, 마음속에 앙심이나 폭력성을 품은 채로 내적 평화를 이룰 수는 없습니다. 나부터 내 안에 있는 타인에 대한 적대감을 완전히 버리면, 주변의 모든 것도 적대감을 버린다고 하지요. 그럼에도 아힘사(비폭력)에 충실한 삶을 산다는 건 무척이나 어렵습니다. 만일 누군가가 당신에게 적대감을 품고 있다면, 그 또한 당신이 비폭력에 완전히 헌신하지 않음을 의미합니다.

어떤 경우에도 모든 생물에 해를 가하지 않는 것, 해칠 마음으로 관계를 맺지 않는 것이 아힘사의 본질입니다.

아힘사는 '~하지 않는다'라는 소극적인 태도가 아닙니다. 기꺼이 사랑을 실천하는 적극적인 태도이며, 나를 포함해 존재하는 모든 것을 따뜻한 마음으로 대하며 연민을 갖는 것입니다.

대가를 바라지 않고 사랑하는 마음이
안전한 관계를 만든다.

17

정직

진리를 탐구하는 이의
진실한 말이
생명의 의미를
깨닫게 한다.

सत्य

satya-[사티야]
honesty · truth

거짓 없는 것
진실하고 솔직한 것

사티야(정직, 진실함). 우리가 거짓을 말하지 않고 행하지 않는다면, 말과 행동이 항상 동일하게 이루어져 말한 그대로의 삶을 영위할 수 있습니다.

거짓을 행하는 동안에는 마음의 평안을 이루기가 어렵습니다. 거짓을 들킬까 봐 마음을 졸여야 하고, 또 다른 거짓으로 그 거짓을 감춰야 하지요.

사티야는 '진실'로도 번역됩니다. 진실의 말로만 이야기하면 그 말대로 이루어지는 힘을 갖는다고 합니다.

정직함과 진실함을 유지할 때 타인과의 관계에서 신뢰가 형성되며, 의구심과 불안, 걱정에서 멀어져 평화와 안정감을 찾게 됩니다.

말을 선택함에 있어 신중을 기한다.

불도

진정한 행복과

진실

평화…

훔칠 수 없는 것들.

अस्तेय

asteya-[아스테야]

non-stealing

남의 것을 도둑질하지 않는 것

속이거나 질투하지 않는 것

도둑질이란 남몰래 다른 사람의 것을 훔쳐 숨기는 일입니다. 이 모든 행위에 반하는 것이 바로 아스테야(불도, 不盜)입니다.

현재가 부족하다고 느끼고 만족하지 못하는 순간, 감각은 외부로 향하게 되고, 우리는 주변 사람과 그들의 시선을 의식하게 됩니다.

아스테야에 힘쓰는 것은 곧 욕심내지 않고, 타인과의 비교에서 오는 구함을 하지 않는 것입니다. 그럴 때 나는 만족하고 충만해지며 풍요로워집니다.

내가 본디 빛나는 존재이며 평온함으로 가득 차 있음을 실감한다면 무엇을 탐할 필요도, 욕망할 이유도 없을 것입니다.

내게 이미 깃든 온전한 평안함에 눈뜨다.

19

금욕

금욕을 맹세한

수행자는

투명한 눈으로

투명한 나날을 보낸다.

ब्रह्मचर्य

brahmacarya-[브라마차리야]

celibacy · abstinence

종교적 학습기

성적 에너지의 절제

인도에서는 인생을 총 100년으로 보고, 25년씩 네 기간으로 나눕니다.

첫째, 브라마차리야(학생기): 학습하고 수행하는 기간.

둘째, 그리하스타(가주기): 가정을 꾸려 자녀를 양육하며 세속적인 일에 종사하는 기간.

셋째, 바나프라스타(은둔기): 속세를 떠나 은둔하며, 나 자신을 바라보며 인생을 되돌아보는 시기.

넷째, 산니야사(유행기): 영적 수행에 몰두하여 궁극적으로 해탈하는 시기.

이중 첫 번째 시기인 브라마차리야는 독신으로 살면서 정신적 성장에 매진하는 시기입니다. '브라마차리얀'이라고도 불리는 학생기 수행자는 금욕적인 삶을 삽니다. 욕망을 뛰어넘어 성욕을 조절함으로써 에너지를 잃지 않고 정력을 유지합니다.

육체적인 욕망을 다스릴 때 우리는 비로소 정신적으로 성숙해지며 수행에 집중할 수 있습니다. 요긴 중에는 금욕적인 삶을 누리기 위해 그리하스타(가주기)를 건너뛰는 경우도 있습니다.

부적절한 관계는 에너지를 소모하여 집중을 방해한다.

20

불탐

그저 별을 바라보듯
그저 달을 사랑하듯
있는 그대로 두며
탐하지 않는다.

अपरिग्रह

aparigraha-[아파리그라하]
non-acquisition · greedlessness

탐하지 않는 것. 욕심 부리지 않는 것
무소유

우리는 종종 '큰 부자가 되고 싶다'고 생각합니다. '손해 보기 싫다'는 생각도 하지요. 그러나 마음 한켠에서는 '욕심만 부리는 나 자신이 싫다'고 생각하기도 합니다. 탐욕스러운 자신을 직면하는 일은 유쾌하지 않은 법이지요.

'필요 이상의 것을 가질 필요는 없다'라고 생각하면 마음이 가벼워집니다. 욕심을 부릴 필요가 없습니다. 과욕하지 않고 아등바등하지 않을 때 세속에 흔들리지 않는 평온한 나날을 보낼 수 있습니다. 대상을 향한 애착이나 질투의 감정도 없는, 중립적인 태도를 유지할 수 있지요.

나에게 무엇이 필요한지 아는 것이 중요합니다. 필요 이상의 것은 짐이 되므로 그것을 내려놓아야 합니다. 필요 이상으로 소유하고 있다는 것은 곧 다른 이의 것을 빼앗는 일이기도 합니다. 소유물을 잃어버리지는 않을까 하는 불안이 생겨 마음이 흔들립니다. 외부의 것, 다른 사람의 시선만을 의식하다 보면 영향을 받아 마음이 산란해집니다. 그러니 내 마음이 향한 방향을 살피고 인식하는 것이 중요합니다.

필요 이상의 것은 필요 없다는 사실을 인식한다.

21

니야마

이유 없는 불안으로
마음이 산란한 나날
니야마를 되새기며
나 자신을 바로 세운다.

नियम

niyama-[니야마]
restraint · self imposed observance

개인적으로 실천해야 하는 수행법
선을 권하고 악을 경계하는 것

니야마(권계)란 마음의 평안을 유지하기 위해 매일의 생활 속에서 유지해야 하는 것, 반드시 지켜야 하는 것을 의미합니다.

니야마에는 첫째, 청정(청결함을 유지할 것), 둘째, 만족(모자라지 않음을 아는 것), 셋째, 고행(수행하는 것), 넷째, 자기 학습(경전 공부), 다섯째, 자재신에 대한 봉헌(신에게 귀의하는 것)과 같은 다섯 가지 수행법이 있습니다.

요가 수행(아사나, 호흡 조절, 감각 제어, 집중, 명상, 삼매)을 할 때에도 그 준비 과정으로 권계를 수행해야 하며, 번뇌를 끊어내는 데 도움을 받을 수 있습니다.

계율을 지킴으로써 우리는 악의 구렁텅이로 빠지지 않고, 스스로 옳은 일을 행하고 있다는 안도감과 나 자신에 대한 신뢰를 쌓을 수 있습니다.

이를 통해 나 자신을 열등하다고 여기는 마음, 부끄러워하는 상념에서 해방될 수 있습니다.

열등감은 남과 비교하는 것에서 비롯되고,
자신감은 바른 행동에서 비롯된다.

청정

침묵을 행하고
말의 정결함을 지킬 때
고요함이 찾아들어
언어의 안개가 걷힌다.

शौच

śauca-[샤우차]
purity · cleanness

더럽지 않고 청결한 것
정화된 것

샤우차(청정)는 몸과 입과 마음을 정화하는 것입니다.

먼저 신체를 청결하게 유지합니다. 겉을 씻어내어 더러움에서 벗어나고, 단식 등으로 속을 정화합니다.

입은 재앙의 근원이므로 욕과 비속어를 피하고 진실만을 말하도록 노력합니다. 침묵을 행함으로써 나의 말이 나 자신과 다른 사람에게 미치는 영향을 깨닫게 됩니다.

의식의 정화는 프라나야마(호흡 조절, 호흡을 통해 생명 에너지를 조율하는 것)로써 번뇌를 떨치고 진실된 자아를 빛나게 하는 것입니다.

청정의 규율을 지키면 신체적으로나 정신적으로나 정화가 이루어집니다. 신체적 정화를 통해 나디(프라나의 통로)의 흐름이 좋아지고, 만족을 체감함으로써 집착에서 벗어나게 됩니다. 정신적 정화를 통해 매사가 맑아지고 기쁨과 환희의 순간이 늘어나며, 집중력이 향상됩니다.

감각기관을 통제할 수 있게 되면 산만함이 사라지고 직관력이 높아집니다.

몸과 입과 마음을 정화하면
어두웠던 마음이 빛나고 투명해진다.

23

만족

바라는 것을 얻으면
만족한다.
바라는 것을 얻지 못하더라도
같은 마음으로 대한다.

संतोष

saṃtoṣa-[산토샤]
contentment

분수를 알고 만족할 줄 아는 것
탐하지 않는 것

외적인 성취에 얽매이지 않고, 그 나름의 것에 만족하는 것. 있는 그대로, 본래의 나 자신으로 충분한 것. 그것이 곧 산토샤(만족)입니다.

생명과 공기, 빛, 시간… 우리는 여러 자원과 환경에 의지하여 살아갑니다.

만족한다는 것은 이미 충만함을 뜻합니다. 더 이상의 행복이 필요하지 않습니다. 그렇게 되면 부족하다는 마음, 질투하고 집착하는 마음에서 벗어나 항상 맑은 마음을 유지할 수 있습니다.

욕망은 끝이 없지만, 만족의 경지에 다다른 사람에게는 욕망이 채워지지 않은 데서 오는 갈증이 존재하지 않습니다. 갈망과 집착이 없으므로 삶의 고통 또한 없습니다.

욕망이 더해진 만큼
삶의 무게 또한 더해질 뿐임을 깨닫다.

24

고행

고행이라 생각하면
고통스럽다.
수행이라 생각하면
더는 고통스럽지 않다.

तपस्

tapas-[타파스-]
austerity

고통을 이겨내며 수행하는 것

타파스(고행)에는 본래 '열(태우다)'라는 의미가 있습니다. 즉, 몸과 마음에 쌓인 더러움을 태워 없애 단련하는 것이지요.

신체의 고행은 단식.

언어의 고행은 침묵을 행하며 진실만을 말하는 것.

정신의 고행은 명상입니다.

고행을 통해 인내가 길러지며, 어려움에 직면해도 꺾이지 않게 됩니다. 여러 면으로 단련된 나 자신을 믿고 침착하고 안정적인 상태를 유지할 수 있습니다.

우리는 흔히 고행을 고통스러운 수행이라고 생각합니다. 그러나 고행을 스스로 택한 이들은 능동적이고 적극적으로 몰두하므로 고통이 아닌 환희를 느낍니다. 고행을 통해 궁극적으로 평화와 성취, 자유, 지복 등의 경지에 다다를 수 있다는 희망을 갖고 실천하는 것입니다. 따라서 고행은 나 자신을 고통에 빠뜨리는 길이 아닌, 나 자신을 드높이기 위한 수행임을 분명하게 이해해야 합니다.

그렇게 우리는 고행으로 나 자신을 초월하는 능력을 얻습니다.

단련하면 강해진다.

25

학습

읽고 외노라면

그 말과 성품이

내 삶 깊이

스며든다.

स्वाध्याय

svādhyāya-[스와디야야] self-study·
study of sacred text · recitation of mantras

자기 학습. 경전 공부
성스러운 공부

스와디야야(자기 학습)란 해탈에 관한 경전 공부에 전념하는 것입니다. 주요 경전으로는 《우파니샤드》, 《바가바드 기타》, 《요가수트라》 등이 있습니다.

《우파니샤드》는 대우주의 본체인 브라만(梵, 범)과 소우주의 본체인 아트만(我, 아)의 조화(梵我一如, 범아일여)를 이해하는 것이 곧 해탈에 이르는 길이라고 전합니다.
《바가바드 기타》는 박티 요가(신앙의 요가)와 카르마 요가(행위의 요가), 갸나 요가(지혜의 요가) 등을 포함하고 있어 인도의 '바이블'로 통합니다.
《요가수트라》는 '마음이란 무엇인가?'를 주제로 요가의 정의부터 마음이 동요하는 원인, 마음의 작용을 조절하는 방법을 다룹니다.

만트라를 반복하여 외는 것도 스와디야야에 포함됩니다. 만트라가 지닌 신성한 진동이 정신적인 정화와 고양으로 나를 이끕니다.

배움을 통해 정신적 성장을 이룰 수 있다.

26

신

보이지 않는 존재에
기도하는 순간
신비한 빛이
나아갈 길을 비춰준다.

ईश्वर

īśvara[이슈와라]
Lord · pure awareness

종교적으로 숭상하는 대상
최고의 통치자

지고의 신神, 최고의 통치자를 의미하는 이슈와라는 번뇌(고통의 원인)와 업(원인과 결과), 업보(행위나 생각으로 인해 나타나는 결과물), 업의존(행위나 생각의 결과로 축적되는 것) 등에 영향받지 않는, 순수하고 특별한 절대 지존을 가리킵니다.

'이슈와라 프라니다나'는 곧 신에 대한 헌신, 귀의를 뜻합니다. 지고의 신에 전념하여 나 자신을 완전히 봉헌하는 순간, 자아ego는 사라집니다.

자아는 나 자신을 향한 집착이며, 고통과 불안을 가져옵니다. 자신을 내려놓으면 천명을 알게 된다고 합니다.

정신적으로 성장하려면 이기심을 떨치고 오만함을 버려야 하며, 겸허한 마음으로 지고의 신을 향해 구원의 기도를 올려야 합니다. 그 기도를 통해 우리는 정신통일의 길로 나아갈 수 있습니다.

기도를 통해 나 자신을 내려놓고 천명을 안다.

27

헌신

마음이

이리저리 흔들릴 때

기도라는

안식처를 찾는다.

भक्ति

bhakti-[박티]

devotion to God · faith

예수나 부처 등 절대자를 믿고 존경하며
그들의 길을 따르는 것

기도는 말로 하는 것이기에, 인간 세계 고유의 것입니다. 예부터 인간은 기도를 해왔습니다. 박티(헌신)란 자아에서 벗어나 자기 자신을 신에게 봉헌하는 것을 말합니다. 그러므로 헌신의 기도는 '내가 이러저러하게 되기를' 혹은 '나의 바람이 이루어지기를' 등을 비는 것이 아닌, 자신을 완전히 맡겨 순수한 영혼으로 거듭나기 위한 행위입니다.

기도에 목적이나 욕망이 섞이면 마음에 동요가 일어납니다. 자아에서 비롯된 이기적인 기도가 아닌, 온 마음으로 자아를 초월한 기도를 통해서만 불순한 마음을 없앨 수 있습니다. 그것은 신념이라고도 불리며, 신념을 바탕으로 경지에 이르려는 노력이 생겨납니다. 그 경지에는 순수한 의식만이 남아 있습니다. 그리고 명상을 통해 비로소 진실의 지혜가 빛날 것입니다.

자신만 위하는 마음에서 한발 걸어나와
세상을 깊고 넓게 바라볼 것.

28

암송

경전의 말씀을 외는 시간
나라는 작은 우주가
해탈이라는
큰 우주로 나아가다.

जप

japa-[자파]
repetition of sacred mantras

읊조림
만트라를 반복하여 읊는 것

기원하고 외는 것, 신의 이름을 반복하여 읊는 것을 자파(암송)라고 합니다. 성스러운 소리를 반복해 읊으며 그 소리와 하나가 되는 것입니다.
성스러운 울림, 즉 윙윙거리는 콧소리를 의미하는 프라나바는 브라만(우주의 의식)의 상징인 성음聖音 옴(om)을 가리키며, 이를 욈으로써 진정한 순수함을 얻습니다.
만트라는 진동이며 진언眞言, 진리의 말입니다. 그것은 깨달음으로 인도하는 말이며, 사람들을 지탱하는 힘을 지니고 있습니다.
만트라를 암송하면 집중력이 향상되고 정신통일에도 도움이 됩니다. 만트라를 암송하는 데는 소리 내어 읊기, 속삭이듯 읊기, 마음속으로 읊기 등 세 가지 방법이 있습니다.
반복하여 읊는 만트라의 진동은 제한된 자아 의식에서 무한한 우주의 의식으로 우리를 인도합니다.

만트라를 반복하며 만트라와 하나가 되다.

29

아사나

척추를 곧게 세우고

산처럼 앉는다.

침묵 속에서

지혜의 내광을 기다린다.

आसन

āsana-[아사나]

meditative posture

바르게 앉는 좌법

명상을 위한 자세 수행

정신을 집중하기 위해서는 바르게 앉는 것이 중요합니다. 몸을 의식하지 않을 수 있도록 신체를 바르게 정화하고, 편안히 머무르는 안정적인 '앉은 자세'를 수행하여 마음을 제어합니다.

몸을 의식하지 않도록 정화한다는 것은 몸에 통증이나 질병이 없고 청정하고 불쾌감이 없음을 의미합니다.

오랫동안 쾌적하고 안정적인 자세로 앉아 있으려면 바른 자세를 유지할 수 있는 강인하고 유연한 근육과 관절이 필요합니다. 내장에 독소나 노폐물, 가스 등이 쌓이지 않는 것도 중요하고요. 바른 자세, 정화된 육체여야 가능한 일입니다.

몸을 의식하지 않는다는 것은 곧 자아가 육체의 제한으로부터 자유로워지는 것입니다. 외부의 세계(우주)와 구분이 없이 서로 녹아든 상태 말입니다.

이때 인간은 극단(덥고 추움, 즐겁고 괴로움, 잘함과 못함, 칭찬과 질책, 남녀, 선과 악)으로 나뉜 세계에서 비로소 해탈합니다.

평정심을 유지하는 마음 상태를 만드는 자세, 그것이 바로 아사나(좌법)입니다.

몸의 자세가 곧 마음의 상태이자 인생의 자세이다.

30

호흡 조절

촛불이

흔들리지 않을 정도로

조용히 내뱉는 호흡이

내 안에 신성한 기운을 축적한다.

प्राणायाम

prāṇāyāma-[프라나야마]

controlling the breath

호흡을 조절하는 것

에너지를 조절하는 수행

호흡은 숨을 들이쉬고 내쉬면서 산소를 들이고 이산화탄소를 배출하는 행위를 일컫습니다. 프라나야마(호흡 조절)는 프라나, 즉 생명 에너지를 조율하는 것을 말하지요.

마음의 상태와 호흡의 상태는 늘 함께하며, 마음이 안정되면 호흡 또한 안정됩니다. 깊고 느린 호흡으로 긴장을 풀고 안정을 취하면 마음도 차분해집니다.

내쉬는 숨과 멈추는 숨으로 마음이 안정되면 몸과 마음이 서서히 맑아지는 상태에 이릅니다. 호흡을 조절함으로써 마음의 빛을 가린 업과 번뇌가 사라지고, 의식을 집중하기에 적절한 상태가 됩니다.

프라나야마에는 의식적으로 들이쉬기, 내쉬기, 들이쉰 상태로 머무르기, 내쉰 상태에서 머무르기, 호흡 정지 등의 상태가 있습니다.

그리고 의식적인 호흡을 심화시키다 보면 모든 것을 초월한 호흡, 호흡이 멈춘 상태가 찾아옵니다. 그렇게 프라나야마는 동요한 마음을 가라앉히고 명상의 상태로 이끕니다.

긴장을 풀고 호흡을 고른 다음 길게 내쉬어본다.

31

감각 제어

무언가 움직이면
기분도 움직인다.
감각을 제어하면
바람도 잠든다.

प्रत्याहार

pratyāhāra-[프라티야하라] withdrawal from the objects of feeling and desire

감각기관을 통해 느끼고 받아들이는 것을 제어하는 일

다섯 가지 감각기관(눈, 코, 입, 귀, 피부)에는 각각의 대상과 연결되는 오감(시각, 후각, 미각, 청각, 촉각)이 있습니다. 그것들로 말미암아 마음이 움직이지요.

오감과 대상을 연결하지 않고 조절하는 수행이 바로 프라티야하라(감각 제어)입니다. 대상에 감각이 향하지 않는다면 마음이 흔들릴 이유도 없습니다.

무언가를 눈으로 보면 인간은 더러는 원하고, 때로는 혐오감을 느낍니다. 무언가의 냄새를 맡으면 식욕이 솟지만, 공포감이 생기기도 합니다. 무언가를 입에 넣으면 더 먹고 싶어지기도 하고 먹고 싶은 마음이 사라지기도 합니다. 소리를 들으면 기분이 좋아지기도 하고 불쾌해지기도 합니다. 피부에 무언가가 닿으면 쾌감을 느낄 때도 있고, 한기가 엄습할 때도 있습니다.

각 감각기관에 대한 집착을 떨치면 마음은 부동의 상태가 됩니다.

내가 바라는 것이 외부가 아니라 내면에 있다고 생각해보세요. 그리고 밖으로 향해 있는 의식을 내면으로 돌려, 그곳에서 평온함을 찾아봅시다.

yoga 당신이 바라는 것은 자유와 평화와 행복이다.

32

집중

갈피를 못 잡는
산만한 마음.
집중하여
상념을 떨쳐내다.

धारणा

dhāraṇā-[다라나]
concentration

마음을 한 점에 모으는 일

다라나(집중)는 흩어진 정신을 한곳에 모으는 일입니다.

우리의 마음은 항상 산만하고 집중이 결여된 상태입니다. 이 마음이 맑아진 후에야 우리는 비로소 집중할 준비가 되고, 사트바(순수하고 정화된)의 상태가 됩니다.

앉아서도 마음이 안정되지 않고 혼란스러울 때, 우리의 마음은 집중이 힘든 라자스(산란하고 흥분한)의 상태에 있습니다.

또한 마음이 타마스(무겁고 어두운)의 상태에 있다면, 그 또한 집중은 요원한 일입니다.

잡념을 없애고, 원하는 바에 집중할 수 있는 상태로 접어들기 위해서는 번뇌에서 벗어나 외부 자극에 마음이 흔들리지 않아야 합니다.

이처럼 목적을 되뇌며 유지하는 것이 바로 다라나, 집중의 상태입니다.

우리는 무언가에 홀린 듯 바쁘게 살아갑니다. 마음 역시 무언가에 사로잡혀 있습니다. 하지만 집중할 대상이 요가적인 것이 아니라면, 아무리 마음을 모아도 평안함에 이르지 못합니다.

집중할 대상을 찾는 데에도 주의가 필요한 이유입니다.

번뇌의 씨앗에서 벗어나 오롯이 집중할 것.

33

명상

침묵 속의 명상으로
모든 것이 채워지고
모든 것에서 해탈해
속세에서 벗어난다.

ध्यान

dhyāna-[디야나]
meditation

마음을 가라앉혀 무념의 상태가 되는 것

일체의 잡념에서 벗어나 마음이 한 점에 온전하게 집중된 상태로 다른 대상에 영향받지 않는 의식 상태를 '명상 상태'라고 합니다.

디야나(명상)는 속성이 있는 명상과 속성이 없는 명상으로 나뉩니다.

속성이 있는 명상은 마음을 집중할 대상에 묶어두는 것입니다.

속성이 없는 명상을 할 때는 통찰과 하나가 되는 것에 집중합니다.

명상을 통해 우리는 번뇌에서 벗어날 수 있습니다. 조용히 앉아 호흡을 가라앉히고 내면의 고요함에 의식을 집중합니다. 의식이 외부로 향하려 하면 즉시 명상의 의식 상태로 되돌려야 합니다.

고요함에 이르러 본래의 나 자신이 몸도 아니고 마음도 아님을 알게 됩니다. 그때 우리의 몸도 마음도 온전히 자유로워질 것입니다.

차창 밖으로 흘러가는 풍경처럼, 잡념 또한 흘러간다.

삼매

잔잔한 수면에
내리비치는 빛.
삼매의 경지는
고요함의 심연.

सर्माधि

samādhi-[사마디]
profound meditation

마음이 하나로 모아져 움직임이 없는 상태
선정(禪定), 등지(等持), 정려(靜慮)로도 불린다

명상 상태에서 마음의 동요가 멈추고, 자아 의식이 소멸된 상태를 사마디(삼매)라고 합니다. 사마디는 요가 수행의 결과로 도달하는 경지이자 최종 목적지입니다. 이것은 또한 완전한 고요함을 의미합니다.

늘 평정심을 유지하며, 양극의 대립적 감정(기쁨과 고뇌, 희망과 절망, 애착과 증오, 성공과 실패, 건강과 질병)에 현혹되지 않는 것입니다.

이원성에서 비롯된 번뇌에서 완전히 벗어난 경지에서 자아 의식은 사라지고, 진아(참나) 및 보편적인 존재와 하나가 됩니다.

《요가수트라》에서는 첫째, 대상에 집중하여 나타나는 유상有想 삼매, 둘째, 대상을 두지 않는 주체(의식)만을 위한 무상無想 삼매, 셋째, 잠재의식만이 남아 있는 유종有種 삼매, 넷째, 잠재의식마저 소멸된 무종無種 삼매, 다섯째, 식별의 통찰력(식별지)으로 말미암아 번뇌와 업이 소멸된 법운法雲 삼매가 있다고 이야기합니다.

요가 수행의 결과로 고요함이 찾아든다.

상야마

욕망의 불을 끄고
상야마로 향하는 길.
한 걸음 한 걸음
계단을 오른다.

संयम

samyama-[상야마] the combination of the practices of dhāraṇā, dhyāna and samādhi

집중, 명상, 삼매
이 세 가지 수행을 총칭하여 상야마라 한다

총제總制 혹은 억제로 번역되는 상야마는 다라나(집중), 디야나(명상), 사마디(삼매)를 행하는 것을 말합니다. 이는 하나의 대상에 의식을 향하게 하는 일입니다.

상야마는 연속적으로 행해지는 수행이지만, 또한 단계적으로 차례로 행해집니다. 얕은 곳에서 깊은 곳으로, 낮은 곳에서 높은 곳으로 한 단계씩 서서히 나아가도록 권장됩니다.

조급해할 필요도 없고, 욕심을 부릴 필요도 없습니다. 거친 대상에서 섬세한 대상으로 서서히 이동해가면 됩니다. 의식을 물질 세계에서 정신 세계로 향하도록 하면 됩니다.

상아먀(총제)의 결과로 진정한 지혜의 빛이 떠오르고, 우리는 본래의 자신에 다다르게 됩니다.

마음의 계단을 헛디디지 않도록, 조급함을 버릴 것.

산란

산란한 방에서
물건을 찾는다.
산란한 마음과
우울함이 밀려온다.

विक्षेप

viksepa-[비크셰파]
distraction of the mind

혼란과 번뇌로 인해
마음이 흩어진 상태

사마디(삼매)를 방해하고 마음을 산란하게 어지럽히는 요인으로 아홉 가지가 존재한다고 합니다.

첫째, 몸의 고통, 둘째, 가라앉은 마음, 셋째, 의심, 넷째, 대충 하려는 마음, 다섯째, 답답한 마음, 여섯째, 탐욕, 일곱째, 인식의 오류, 여덟째, 집중의 경지에 이르지 못하는 것, 아홉째, 도달하더라도 그 경지에서 머무르지 못하는 것.

비크셰파(산란한 마음)에는 몸의 고통과 정신적 우울, 몸의 떨림, 호흡 불규칙이 동반될 수 있습니다. 역으로 생각하면 몸의 떨림이나 정신적 우울, 호흡 불규칙이 있다면 마음이 산란해져 있다고 인식할 수 있습니다.
마음의 산란은 집중을 방해합니다. 욕망을 떨치고 요가를 반복적으로 수행함으로써 산란한 마음을 다스릴 수 있도록 노력해야 합니다.

세상이 내게 준 과제를 하나씩, 차분하게 뛰어넘는다.

이욕

밤이슬이 나뭇잎을 떠난
고요한 아침.
이슬에 담긴
세상도 사라진다.

वैराग्य

vairāgya-[바이라기야]
renunciation

세속적 욕망을 떠나는 것
무집착

모든 욕망을 충족하고 만족하는 것은 불가능합니다. 한도 없고 끝도 없는 것이 욕망입니다. 채워지지 않는 욕망에 사로잡혀 휘둘리면 마음이 어지러워지고 초조해집니다. 마음의 평안 또한 찾을 수 없습니다.

바이라기야(이욕, 離欲)이란 대상에 대한 욕망에서 벗어나는 것. 세속적인 모든 것에 무관심해지는 것입니다.

욕망의 대상은 무수히 많습니다. 음식, 이성, 명예, 지위, 권력, 돈, 물건, 자극… 우리는 참으로 다양한 것에 의식을 두고 집중하지요.

보고 듣는 대상에 대한 탐욕에서 자유로워진 사람은 '욕망의 정복자'입니다. 욕망의 정복자는 대상의 결점을 직관적으로 알아차렸기에 대상에 집착하지 않습니다.

채워진 듯 보여도 완전히 채울 수 없는 것,
그것이 욕망이다.

수행

수행이란
본래의 나로 돌아가는 일.
마음속 어두운 동굴에서
진리의 빛을 만난다.

अभ्यास

abhyāsa-[아비야사]
practice

규칙적으로 행하고 실천하는 것

마음을 해방시키기 위해 우리는 욕망을 떠나 요가를 수행합니다.

요가 수행을 통해 비로소 정신을 집중할 수 있게 됩니다.

아비야사(수행)은 오랜 시간 동안 중단 없이 올곧이 이루어져야 합니다. 그렇게 함으로써 세속적 의식에서 점차 마음이 멀어지고, 무의식적인 행동으로 인한 실패도 없어집니다. 차분한 판단이 가능해집니다.

신념을 가지고 지혜를 구하는 것이 수행의 시작입니다. 지혜를 구하는 자세에서 노력이 샘솟고, 그렇게 전념하는 상태에 들어가면 어느덧 마음의 동요가 사라져 사마디(삼매)의 상태가 일어납니다. 우리는 그렇게 예지叡智를 얻습니다.

이론적 이해와 수행을 통한 체득이 합쳐질 때
집중이 일어난다.

번뇌

번뇌라는 바다에서
길을 잃고 허우적거렸다.
번뇌의 바다를 건너려면
지혜라는 배를 타야 하리.

क्लेश

kleśa-[클레샤]
worldly desires· suffering

마음의 고통을 일으키는 요소
세속의 고민과 어지러움

클레샤(번뇌)에는 다섯 가지 종류가 있습니다.
무지, 아상, 탐욕, 혐오, 생존욕이 그것입니다.

무지, 즉 지혜가 없는 것에서 자신을 향한 집착이 일어납니다. 그리고 쾌락과 외부 대상에 대한 집착 또한 갖게 됩니다. 그러나 원하는 것을 늘 얻을 수 있는 것은 아닙니다. 바라는 것을 얻지 못할 때 우리는 분노하고, 나를 방해하는 사물이나 사람에 대한 혐오를 품습니다. 이 모든 것의 궁극적 원인은 자기 방어(삶에 대한 애착, 죽고 싶지 않은 마음)에 있는데, 이것이 마음의 동요를 일으킵니다.

행위의 요가(고행, 자기 학습, 기도)로 번뇌를 덜 수 있습니다. 번뇌는 곧 집중을 방해하는 마음의 작용입니다. 번뇌에는 이성적인 번뇌와 감정적인 번뇌가 있습니다. 이는 생각하는 습관이나 오해하는 습관에서 빚어지는데, 이 또한 올바른 가르침과 수행을 통해 벗어날 수 있습니다. 또한 명상을 통해서도 번뇌를 제거해나갈 수 있습니다.

수행으로 번뇌를 걷어내면 마음의 먹구름도 걷힌다.

무지

무지라는 어둠 속에
지혜라는 빛이 비칠 때
비로소 드러나는
나아갈 길.

अविद्या

avidyā-[아비디야]
ignorance

갈피를 잃고 깨달음을 얻지 못한 상태
번뇌에 사로잡힌 상태
무한히 이어져온 미혹함의 근본

아비디야(무지)란 지혜가 없는, 이치를 모르는 상태를 의미합니다.

무지는 덧없음과 불순함, 고통, 참나가 아닌 것을 영원함과 순수함, 기쁨, 참나로 잘못 인식함으로써 다른 번뇌(아상, 집착, 혐오, 생존욕)의 근본적인 원인이 되므로, 반드시 제거해야 합니다.

아비디야는 분명하지 않은 상태, 어둠 속에 빠져 고통과 혼란이 뒤엉킨 상태입니다.

아비디야를 상태에 따라 네 단계로 나누면 첫째, 번뇌가 유지되는 상태, 둘째, 번뇌가 차단된 상태, 셋째, 번뇌가 약화된 상태, 넷째, 번뇌가 잠든 상태로 생각해볼 수 있습니다.

사람들은 대개 번뇌에 가득 찬, 번뇌가 유지되는 상태에 놓여 있습니다.

요가를 수행하면 번뇌에 휘둘리고 싶지 않다는 자각이 일어납니다. 그로 인해 번뇌가 줄어들고 스스로 조절할 수 있는 경우도 있으며, 더러는 번뇌에 시달리거나 말려들기도 합니다.

그렇게 수행해나감에 따라 어느새 번뇌가 사그라지고, 고뇌도 서서히 줄어듭니다. 마침내 번뇌가 정화되고 지혜가 가득 찰 때 우리는 진정한 참나를 알고, 더는 고통 속에서 헤맬 일도 없을 것입니다.

어둠에서 벗어나려면
빛으로 인도하는 지혜가 필요하다.

41

아상

참나, 즉 진정한 내가
자아, 즉 나라고 생각하는 나를
고요히 바라본다.
자아에게는 참나가 보이지 않는다.

अस्मिता

asmitā-[아스미타]
ego(the 'I')

자아. 자신에 대한 인식
자신이 존재한다는 감각

참나, 즉 '진정한 나'와 자아, 즉 '나라고 생각하는 나'의 차이를 깨닫기 위해 우리는 마음의 요가를 수행합니다. 그러나 우리는 대개 아스미타(아상, 我相)에만 집착하지요. 그것이 번뇌, 즉 고뇌의 원인 중 하나이며, 그 아스미타가 고통을 낳습니다.

인간은 늘 자기 중심의 세계에 삽니다. 이것은 내 것이다, 이것은 내가 한 일이다, 이것은 나이다, 내가 어떤 사람으로 보일까, 날 어떻게 생각할까, 나는 어떤 평가를 받고 있을까….

자아는 참나를 인식하기 위한 수단입니다. 우리는 자신에게 집착함으로써 고통받고, 그 고통을 인식함으로써 벗어나려 하며, 고통에서 벗어나고자 깨달음을 향해 수행합니다. 그로써 우리는 속박의 굴레에서 자유로워지며, 해탈을 향해 한발 나아가게 됩니다.

자아는 스스로 해탈하기 위해 존재하는 것임을 깨닫다.

42

탐욕

꽃향기가
바람에 흩날리듯
사랑은 본디
바람처럼 자유롭다.

राग

rāga-[라가]
passion · attachment

강렬한 집착. 탐욕
애착

세상에는 사랑과 탐욕이 존재합니다. 사랑은 이타적이고 무욕적이며, 탐욕은 쾌락에 사로잡힌 마음 상태입니다.
라가(집착, 탐욕)는 과거의 쾌락을 기억함으로써 다시 그 같은 쾌락을 얻고 싶어하는 얕은 욕구입니다. 그렇기에 고통을 가져옵니다.
조건 없이 주는 완전한 사랑을 행하는 것은 속박이 없는 자유로운 행위입니다. 순수한 사랑에는 기쁨만이 존재하며 고통이 없습니다. 보답을 바라지 않고 감사를 구하지 않으며, 무조건적으로 주는 사랑입니다.
라가는 주는 것이 아니라 빼앗는 사랑입니다. 아낌없이 주는 것이 사랑이라 해도, 그것에 탐욕이 따른다면 애착이 되고, 결국 고통의 원인이 되고 맙니다.

아낌없이 주는 조건 없는 사랑의 실천에서
기쁨을 찾는다.

혐오

혐오라는
어두운 장막.
그에 집어삼켜진 마음으로는
아무것도 볼 수 없다.

द्वेष

dveṣa-[드웨샤]
hate

미워하고 싫어하는 마음

드웨샤(혐오, 증오)는 과거에 경험한 고통이나 불쾌함에 머물러 있는 것으로, 그와 같은 경험을 다시 했을 때 그 고통이 되살아나며 싫어하고 미워하게 되는 것을 이릅니다.

혐오를 품고 살고 싶은 사람은 아무도 없지만, 인간은 결국 그 감정에 휘둘리고 맙니다.

자신도 모르는 사이 받아들일 준비도 없이 감정에 휘말릴 때도 있습니다. 어제까지 사랑한다고 생각했던 사람에게 배신당해 증오의 감정이 부글부글 끓어오를 수도 있습니다.

그것은 대상을 향한 강한 집착에서 비롯됩니다. 그 안에는 자기 자신에 대한 강한 애정도 포함되어 있습니다.

혐오라는 극한 감정에까지 다다르지 않더라도 우리는 '이건 미워', '저건 싫어' 하며 곧잘 미워하거나 거부하는 마음을 품습니다. 그 거부하는 생각이 우리의 일상을 어둡게 가라앉히며 기운을 빼앗습니다.

자기를 지키려 타인을 공격하는 혐오가
결국 자신을 무너뜨리고 상처 입힌다.

44

생존욕

필요하지도 않은 물건을
가득 채운 가방처럼
집착이란 고통을 담은
우리의 마음.

अभिनिवेश

abhiniveśa-[아비니베샤]
will to live · attachment · desire

영원히 살고 싶은 염원
삶에 대한 집착

집착이 고통을 낳는다는 걸 알면서도, 애착과 욕망을 떨치는 일은 우리에게 쉽지 않습니다.

아비니베샤(생존욕, 삶에 대한 애착)는 '죽고 싶지 않다', '오래 살고 싶다' 하고 원하는 인간의 본능입니다. 최대한 오래 살고 싶은, 이른바 자기 보존을 위한 인간의 욕구이자 욕망이지요.

사람은 누구나 건강하고 싶고, 자신의 육체에 강한 집착을 품고, 자신의 삶과 생명에 한없는 애착을 부립니다. 삶이 끝나는 것을 생각조차 못 하고, 자신이 이 세상에서 사라진다는 사실에 아쉬움과 공포마저 느낍니다.

반대로, 자살하는 사람은 죽음에 대한 강한 집착을 보입니다. 그것조차도 역설적으로 자아에 대한 집착입니다. '지금의 내 상태를 이겨낼 수도 받아들일 수도 없기에 스스로 끝내고 싶다'는 갇힌 감정입니다.

어떤 종류의 집착이든 고통을 수반합니다. 집착에서 벗어나야 합니다. 명상을 통해 마음에 빛(진리, 지혜, 사실)을 들이고 고요함을 맞이해봅시다.

죽음은 모든 존재에 찾아오는,
유한한 육체로부터의 해방이다.

45

부주의함

마음대로 살아가는 사람이
자유인은 아니다.
정신적으로 해방된 사람을
자유인이라 한다.

प्रमाद

pramāda-[프라마다]
negligence

자신의 마음대로 멋대로 행동하는 것
태만함

프라마다(부주의함)란 마음이 안정되지 못한 상태로, 집중을 방해하는 장애 요소 중 하나로 여겨집니다.

요가 수련을 방해하는 안타라야(장애 요소)로는 질병, 무기력, 의심, 부주의함, 나태, 무절제, 그릇된 인식, 더 높은 영적 단계에 이르지 못하는 것, 마음의 동요, 고통, 절망, 공포에 질린 마음, 호흡 곤란 등이 있습니다.

그중에서 부주의한 행동거지를 '프라마다'라 이릅니다. 변덕스럽고 제멋대로 굴며 변화무쌍한 마음은 정신을 한데 집중하는 데 방해가 됩니다.

부주의한 행동은 다른 사람을 미혹하는 동시에 나의 마음도 혼탁하게 만듭니다. 마음은 즐거움에, 고통에, 망설임에, 고민에 끌려다닙니다. 그러나 외부의 대상은 마음과는 완전히 독립적으로 존재합니다. 그 사실을 인식하세요. 그 인식이 우리 마음의 혼란을 지우고, 차분한 상태로 일관성을 유지하게 합니다.

루틴을 따름으로써 질서가 자리 잡고,
마음이 평안해진다.

46

분노

번개 같은
분노의 외침.
그 끝에 뚫리는
파괴의 깊은 구멍.

क्रोध

krodha-[크로다]
anger

불같이 화내는 것

차분하게 생각해봅시다. 감정에 휘둘려 화를 내고 싶은 사람은 없습니다. 그러나 우리는 대개 자신도 모르는 사이 화를 내고 불만을 터트립니다.

화가 치밀어 분노에 몸이 떨리고, 숨이 넘어가고, 도무지 수습할 수 없는 상태가 크로다(분노)입니다. 크로다에 다다르면 더는 화를 조절할 수 없는 지경에 이릅니다.

분노는 원하는 대로 되지 않았을 때, 원하는 것을 얻지 못했을 때 발생하는 장애물과의 충돌에서 생겨납니다. 분노로 인해 다른 생명체나 사람에게 상처를 주는 생각이 생겨납니다.

우리는 어떤 원인이나 조건에 반응하여 화를 냅니다. 그것을 가라앉히려면 자신 안의 분노의 원인이나 조건을 바꿀 수밖에 없습니다.

자신이 무엇에 반응하여 화를 내는지 명확히 인식하고, 자신의 마음을 바꿔야 합니다. 그 밖의 다른 방법은 없습니다. 특정 원인에 대해 분노로 반응할 것인지, 분노로 반응하지 않을 것인지, 우리의 마음은 매일 시험받고 있습니다.

분노가 고통을 가져온다는 것을 인식하고, 마음을 교정하는 방법을 찾아봅시다.

화가 나면 숨결부터 거칠어지는 법,
숨을 다스려 마음을 가라앉힌다.

자비

산들바람이 볼을 어루만지는

만월의 밤.

당신의 자비가

나에게 살며시 다가와 안긴다.

मैत्री

자 maitrī-[마이트리]
friendliness

करुणा

비 karuṇā-[카루나]
compassion

편안함을 선사하는 마음인 자(慈)
고통을 덜어주는 마음인 비(悲)
자애와 연민의 마음

마이트리(자, 慈)는 다른 사람의 행복을 함께 기뻐하는 마음이고, 카루나(비, 悲)는 다른 사람의 불행에 깊이 공감하는 마음입니다. 이러한 감정에 마음을 쏟으면 마음이 맑고 고요한 상태가 됩니다.

상대의 행복을 진심으로 바라고, 상대의 고통이 사라지기를 또한 진심으로 바랄 수 있다면, 관계에서 그러한 마음을 유지할 수 있다면 나의 마음은 늘 좋은 상태를 유지할 수 있습니다. 그렇게 상호간에 신뢰가 깊어지면서 또한 나 자신을 신뢰할 수 있게 됩니다. 자기 자신에 대한 신뢰는 마음에 안정을 가져오며, 강인하고 밝은 마음과 건강한 몸을 선사합니다.

자비에 상야마(집중, 명상, 삼매)를 더한다면 큰 힘을 얻을 수 있고, 그 힘을 적재적소에 발휘할 수 있을 것입니다.

자애로 타인과 신뢰를 쌓고,
연민으로 나 자신과 신뢰를 쌓는다.

48

희사

먹구름에 가린 듯
마음이 개이지 않는 날
희사로
마음속 비가 멎는다.

मुदिता

희 muditā-[무디타]
gladness

उपेक्षा

사 upekṣā-[우페크샤]
indifference

선행에 기뻐하는 마음인 희(喜)
악행에 혐오나 공감을 갖지 않고
그 같은 감정을 버리는 사(捨)

우리는 종종 다른 사람의 선행을 있는 그대로 바라보지 못하고 위선자라고 여깁니다. 선행을 하는 사람을 질투하거나, 보고도 돕지 않는 경우도 있지요.
이러한 감정들은 우리의 마음을 낮은 마음 상태로 끌어내리고 흐리게 만듭니다.
더러는 다른 사람의 악행에 혐오감이 솟아 그것에 사로잡히거나 혐오가 증오로 바뀌기도 합니다. 그렇게 되면 마음속이 혼탁해집니다.
다른 사람의 악행에 공감한다면, 그것은 말할 것도 없이 그릇된 감정입니다.
이 두 가지 감정을 내 마음에서 떨쳐낼 수 있다면, 마음의 혼탁함이 사라질 것입니다.
희사를 수행하여 일상의 다양한 관계 속에서 고요하고 맑은 마음 상태를 유지합니다.

저을수록 혼탁해지는 웅덩이처럼
마음은 잡념에 휘말려 흐려진다.

기쁨

눈을 감고
평안함을 느껴본다.
그저 여기 있음으로
기쁘다.

सुख

sukha-[수카]
pleasure

충만한 기쁨의 상태
즐거움

사람은 누구나 수카(기쁨)를 바라고 편안함을 추구합니다.

감각기관(눈, 귀, 코, 입, 피부)을 통한 기쁨이나 만족은 감각적 안락함, 즉 수카이며, 그것은 일시적인 것입니다.

진정한 기쁨을 얻으려면 마음의 훈련이 필요합니다. 마음의 평화를 얻는 것이야말로 정신적 행복입니다. 아파리그라하(탐하지 않음)의 계율을 지킴으로써 아난다(지복)를 얻을 수 있습니다. 그것은 욕구를 추구함으로써가 아니라, 욕구에서 멀어짐으로써 얻어집니다.

요가는 고통을 극복하는 방법으로, 고통을 줄이고 아난다를 지향합니다. 그러기 위해서는 고통의 원인을 제거하려는 노력이 필요합니다.

참나, 즉 본래의 나는 완전히 독립적이며, 시간과 공간에 제약받지 않고, 평화와 빛으로 가득 차 있습니다.

바깥에서 기쁨을 구하지 않더라도
스스로 기쁨의 씨앗임을 알아차리다.

50

행위

인생이라는 대지에
행위와 생각이라는
씨앗을 뿌리고
수확의 날을 기다린다.

क्रिया

kriyā-[크리야]
act · movement

행동. 의례
인간의 의식적 동작

크리야 요가(행위의 요가)는 고행, 자기학습 또는 경전 공부, 신에 대한 헌신, 이 세 가지를 이릅니다. 크리야 요가는 번뇌(무지), 자아의식(아상), 탐욕, 혐오, 생존욕(삶에 대한 애착)을 떨치는 데에 도움을 주는 요가입니다.

행위에 앞서 신중을 기해야 하는 데에는 이유가 있습니다. 모든 행위는 카르마(업), 즉 원인과 결과를 포함하며, 잠재 인상을 남길 수 있기 때문입니다. 우리가 하는 모든 행위는 먼저 마음속에서 무언가를 생각하는 것으로 시작됩니다. 무엇을 어떻게 생각하는지, 그것이 어떠한 에너지를 발산하는지 주의 깊게 관찰합니다. 그리고 매번 최선의 행위를 하도록 노력해야 합니다.

행위의 요가는 일상의 영위를 위해 수행하는 요가이며, 마음 수행을 위한 본바탕을 만드는 준비 단계로서의 요가입니다.

행위가 가져오는 결과를 통해
그 옳고 그름을 판단할 수 있다.

경험

열매를 쪼아
달콤함과 씁쓸함을 맛보고
다음 열매를 찾아 날아간 새.
고요히 휴식을 취하는 도道.

भोग

bhoga-[보가]
world experience

실제로 보고 듣고 행함으로써 얻는 것
세속적 경험

우리는 다양한 경험을 하기 위해 이 세상에 태어났습니다. 태어나서 죽을 때까지 많은 일을 겪겠지요.

무엇을 어떻게 경험하느냐가 우리의 인생을 좌우합니다. 경험한 것을 어떻게 소화하고, 그 경험에서 무엇을 배우느냐에 따라 삶의 질도 달라집니다.

어떠한 곳에서 태어날지, 얼마나 오래 살지, 그 삶에서 행복한 경험을 할 것인지, 불행한 경험을 할 것인지… 이 모든 것은 번뇌라는 원인에 의해 카르마(업)로 일어나는 것이라고 합니다.

세속의 경험으로 얻어진 즐거움은 일시적인 것이며, 완전한 것이 아닙니다. 결국 채워지지 않는 것임을 알게 됩니다. 그 경험을 통해 진정한 기쁨이 무엇인지 스스로 자문하는 과정, 자아를 신성한 의식으로 향하게 하는 과정이 시작됩니다.

보긴(경험하는 사람)은 쾌락과 고통을 경험(보가)하고 대상에 속박됩니다. 요긴(요가를 수행하는 사람)은 고요하게 본질을 통찰(요가)하고 모든 것에서 자유로워집니다.

경험은 인상을 새기고 기억을 남기니
악한 경험을 멀리할 것.

52

형상

비슷한 색과
보색을 이루는 색들.
서로 다른 색이 어우러진
마음의 색상환.

रूप

rūpa-[루파]
form

타고난 성질
사물의 고유한 요소

'루파'는 형상 외에도 성질, 눈에 보이는 것, 아름다움을 의미하기도 합니다. 이를 불교에서는 '색色'이라 표현하며, 다섯 가지 감각으로 인식되는 대상, 물질적 존재, 시각의 대상, 색과 형태를 일컫습니다.

우리는 눈으로 보는 것에 연연합니다. 또한 주변 사람들이 나를 어떻게 볼지 신경 쓰곤 합니다.

요가를 수행하는 과정에서 눈에 보이는 신체의 변화와 완성을 이룰 수 있습니다. 형태의 아름다움과 힘, 강인함 등을 얻을 수 있습니다.

그러나 눈에 보이는 형상을 아름답게 만드는 것이 우리의 목적은 아닙니다. 되레 아름다움을 목적으로 삼게 되면 시각적 대상에 집착이 생겨나고, 그것은 또 다른 고뇌의 원인이 됩니다.

형상은 변화하는 것입니다. 변화하는 것을 고정된 것으로 오해하지 않는 것, 그에 집착하지 않는 것, 유동적인 것으로 인식하는 것이 중요합니다.

깊은 본질을 알아차리는 눈을 갈고닦는다.

업

한발 내디딜 때마다
대지에 남는 발자국.
그 한 걸음이 원인이 되어
카르마로 남았다.

कर्म

karma-[카르마]
action

몸, 입, 마음으로 행하는 것
그 행위가 원인이 되어 결과를 가져오는 것

카르마(업)는 무언가를 행함 혹은 생각함이 원인이 되어 결과를 낳는 것입니다. 여기에는 네 가지 종류가 있습니다.

첫째, 검은 카르마는 악인의 카르마입니다. 나쁜 행동을 함으로써 고통이 발생합니다.

둘째, 희고 검은 카르마는 일반적인 사람들의 카르마입니다. 좋은 일(이익을 주는 일)과 나쁜 일(고통을 안기는 일)을 행함으로써 기쁨과 고통을 낳습니다.

셋째, 흰 카르마는 고행과 자기 학습, 명상 등을 수행하는 사람의 카르마입니다. 내면의 성장에 집중하기 때문에 타인에게 고통을 주지 않습니다.

넷째, 희지도 검지도 않은 카르마는 요가 수행자의 카르마입니다. 이미 번뇌가 없는 상태에 도달하여 원인과 결과에 대한 집착이 없고, 카르마를 초월한 경지에 도달해 있습니다.

사마디(삼매)에 이르면 번뇌와 업이 비로소 소멸됩니다.

행위는 반드시 결과를 가져온다.

54

잠세력

잠세력이라는 닻이
해탈로의 출항을 가로막는다.
기억의 짐을 내려놓고
만월의 밤에 노를 젓자.

संस्कार

saṃskāra-[상스카라] potentiality of a behavior, or consciousness, or both

잠재의식의 활성체. 기억된 인상
그에 따른 영향

우리가 무언가 생각하고 행동하면 반드시 어떤 인상이 남습니다. 그 기억의 잔상이 무의식적으로 영향을 미치게 됩니다. 트라우마나 공포도 그렇게 생겨납니다.

물론, 맛있었던 음식이나 즐거웠던 시간처럼 좋게 남는 인상도 있습니다. 그러나 좋은 인상 역시 마음에 영향을 미치고, 마음의 동요를 일으키는 원인이 됩니다.

삶 속에서 맞닥뜨리는 변화와 마음의 병과 더불어 상스카라(잠세력, 잠재의식의 활성체)로 인해 고통이 생겨납니다. 마음을 안정시키고 마음의 작용을 조절함으로써 긍정적인 잠세력을 쌓을 수 있습니다. 긍정적인 잠세력은 마음의 작용을 멈추게 하고, 마침내 어떤 잠세력도 남지 않게 될 것입니다. 지금에 현존하며 생각하고 행동하는 것이 중요한 까닭입니다.

요가 수행을 통해 번뇌와 기억, 마음의 작용, 경험의 대상에 대한 집착을 비워낼 수 있습니다. 그렇게 우리는 상스카라에서 벗어납니다.

인상에 사로잡히지 않도록 기억을 리셋하다.

힘

나 자신에게 말해준다.

"믿고 있어."

내 안의 힘이

반짝, 빛난다.

शक्ति

śakti-[샥티]

capability · power

능력, 움직임

지혜, 정, 의지에 의한 마음의 힘

일하는 능력, 가정을 돌보는 능력, 공부하는 능력… 사람은 저마다 다양한 능력을 지니고, 그것을 발휘하며 살아갑니다.

요가에서 말하는 샥티(힘, 능력)는 우리 내면의 창조적 에너지를 일컬으며, '영력'이라고도 합니다. 즉, 영적(정신적) 에너지를 뜻합니다.

현상 세계는 많은 능력을 요구합니다. 때에 따라서는 권력, 경제력, 학력, 결단력 등 그 종류도 적지 않습니다.

요가를 수행함으로써 증진되는 힘도 있습니다. 체력이 좋아지고 판단력, 의지력, 집중력, 식별력 등 신체적 힘과 정신적 힘이 고루 향상됩니다. 뿐만 아니라 무한의 가능성에 눈을 뜨게 됩니다.

금욕의 계율을 지키면서 정력을 보존하여 힘을 얻을 수 있으며, 그 힘은 몸과 마음을 다스려 싯다(달인)의 경지에 이르도록 합니다.

이 같은 능력은 세상이 요구하는 욕망을 충족하는 능력이 아닙니다. 오히려 세속적인 힘에서 벗어나는 능력, 예리한 직관, 신비한 힘이라 할 수 있습니다.

누구에게나 무한한 가능성이 있다.

56

결실

사람들은 말한다.
'결실은 누워서 기다리는 것.'
그러나 어느새 기다림조차 잊고
깊이 잠들어버렸다.

विपाक

vipāka-[비파카]
ripening

과보(果報)
결과

우리는 무의식적으로 비파카(결실)를 바라고 기대합니다. 사람은 행동하고, 일하고, 인간관계를 맺으며 보상받기를 원합니다. 결실을 먼저 생각하기 때문에 스스로의 행동에 당위성을 부여합니다. 그러한 이유로 최선을 다해 노력하지요.

기쁜 결실과 고통스러운 결실은 우리의 생각과 행동에 따라 결정됩니다.

번뇌와 업, 숙명 등이 그렇듯, 비파카에 빼앗긴 마음은 정신적 이상에서 멀어지고 맙니다.

결실을 원하는 마음도 사실은 욕망이며, 그것을 원하기 때문에 고통이 시작됩니다.

우리는 흔히 '결실이 곧 행복'이라고 생각하지만, 그것은 외부에서 오는 일시적인 행복일 뿐, 마음의 평안(지복)과는 별개의 것임을 알아야 합니다.

결과에 집착하지 않는, 행위의 요가에 몰두하라.

57

생명

언제가 조용히 눈을 감고
이 세상을 떠날 때를 위해
수명을 받아들일 수 있도록
생명을 빛내며 살아가리.

आयुस्

āyus-[아유스]
length of life

생명
생의 시간

아유스(생명, 수명)는 이생에서 생명을 얻어 죽을 때까지의 시간입니다. 이는 사람마다 다를 것입니다. 좀 더 오래 살고 싶다고 소원해도 원하는 만큼 명을 늘일 수는 없습니다. 생활 습관이나 마음가짐, 환경 등에 따라 얼마간의 시간을 벌 수는 있겠지만, 완전히 통제하는 것은 어렵습니다.

천수를 다할 수 있도록 저마다 생명을 소중히 여기고 자신의 인생을 힘차게 걸어가지만, 생명 그 자체에 집착하면 고통이 생겨납니다.

사람은 누구나 언젠가는 죽습니다. 어제보다 오늘, 우리는 죽음에 한발 가까워졌습니다. 죽음을 회피하는 일은 불가능합니다.

주어진 생명을 받아들이고 살아갈 뿐입니다. 얼마나 긴 삶의 시간이 주어질지, 어떠한 처지에서 태어날지, 사는 동안 어떠한 경험을 하게 될지는 과거의 카르마에 의해 정해집니다.

하루하루 최선을 다해 살며 천수를 다하다.

죽음

죽음이라는 막이 내려오는
임종의 순간.
여행을 떠날 준비가 되었다면
빛을 향해 나아가자.

मरण

maraṇa-[마라나]
death

생명이 다한 순간
신체의 기능이 정지한 것

'죽고 싶지 않다'는 것은 번뇌 중 하나로, 매우 강렬한 감정입니다. '죽음'이 선고되면 마음은 크게 동요합니다. '죽음'의 공포만으로 마음은 한없는 괴로움에 빠집니다.

늙음이 고통스러운 것도 그 끝에 '죽음'이 기다리고 있다고 느끼기 때문입니다.

'죽음'은 누구에게나 찾아옵니다. 여기에는 예외가 없지요. 저마다 받아들여야 할 숙명입니다.

그럼에도 인도 철학에서는 마라나(죽음)를 두려움이나 비극으로 보지 않습니다. 죽음이란 쇠약해진 육체에서 벗어나, 한정된 생명에서 보편적이고 영원한 생명으로 이동하는 것이며, 이생과의 이별은 한정적인 육체에서 해방되어 무한한 영혼에 이르는 일종의 축제로 여깁니다.

죽을 때의 '념念'이 중요하고, 어떠한 마음가짐으로 '죽음'을 맞이하는지도 중요합니다. 만일 죽음의 시기를 알 수 있다면 보다 차분하게 맞이할 수 있겠지요. 요가 수행(상야마)을 통해 죽음에 관한 지식과 전조를 받아들여 스스로 죽음의 시기를 터득할 수 있다고 합니다. 이생에서 주어진 자신의 역할을 마치고, 편안한 마음으로 고요하게 생을 떠나는 것입니다.

천수를 다한 자에게 죽음은
무한에서 유한으로의 해방이다.

59

현자

아직 무대에 남아

연기하는 이가 있다.

무대에서 내려온 현자는

고요히 관조할 뿐이다.

द्रष्टृ

draṣṭṛ -[드라슈트리]

seer

보는 사람

조용히 관조하는 이

드라슈트리(현자)는 '본래의 나(푸루샤)'를 지칭합니다. 그리고 우리가 흔히 자신이라고 생각하는 몸과 마음은 '보이는 나(프라크리티)'입니다. 이 푸루샤와 프라크리티를 혼동하고 있음을 깨닫고, 그것을 분리하는 일을 궁극의 이상으로 삼는 것이 바로 요가입니다. 푸루샤는 마음의 주인으로, 변하지 않는 영원의 인식자, 보는 자입니다.

마음은 항상 변화하고, 일시적으로 평화로운 상태가 되더라도 다시 불안해집니다. 요가는 마음을 초월하여 언제나 평화로운 본래의 나에 다다르는 것을 추구합니다.

본래의 나는 현자이며, 고요하게 바라보며 관조하는 존재로, 모든 속박에서 해방되어 영원히 자유롭습니다.

단지 바라볼 뿐,
현자는 천변만화하는 세상에서 자유롭다.

속성

행복의 속성으로
물든 멜로디.
기쁨으로 연주되어
세상을 가득 채운다.

गुण

guṇa-[구나]
quality

원인이나 근원. 성질

세상의 모든 발현된 것들은 사트바, 라자스, 타마스라는 세 가지 구나(속성)로 구성되어 있다고 여겨집니다.

사트바는 순수한 성질로, 조화롭고 평화롭고 안정적이며 빛의 에너지가 가득 찬 속성입니다.
라자스는 열정의 성질로, 산란하고 자극적인 속성입니다.
타마스는 어두운 성질로, 무기력하고 태만하며 우둔한 속성입니다.

어떤 구나가 우세한가에 따라 사람의 성격이나 생활 또한 크게 변합니다. 요가 수행에서는 세 가지 구나 중에서도 사트바를 높이는 것을 추구하지만, 최종적으로는 사트바마저 초월한 상태를 목표로 삼습니다. 세 가지 구나 중 어느 것이 우세하냐에 따라 상태가 변하고, 그 변화에 따라 마음이 어지러워지기 때문입니다. 나의 몸과 마음이 나 자신이 아님을 인식하는 것이 중요합니다. 참나는 구나에도 영향받지 않습니다.

사람의 성격도, 삶의 질도,
세상의 모든 것은 끊임없이 변화한다.

사트바

새벽 빛에 물든
한 줄기 바람.
사트바로 충만해진
순수한 세계.

सत्त्व

sattva-[사트바]
absolute goodness

순수한 성질

사트바는 순수한 성질로, 침착하고 안정되어 행복한 상태입니다. 몸도 가볍게 움직이고 정신적으로도 밝은 빛이 들어 평화와 행복이 가득한 상태입니다.

사트바란…
조화/ 광명/ 순백/ 황금/ 오렌지색/ 신성/ 향상/ 조명/ 분별력/ 평안함/ 고요함/ 안정감/ 청량함/ 냉철함/ 공평함/ 감정에 휘둘리지 않음/ 영성을 추구함/ 배움을 좋아함/ 착실함/ 지적인/ 지식 추구/ 고상함/ 지혜로움/ 순진함/ 꾸밈없음/ 소박함/ 정신적/ 건강함/ 행복함/ 선량함/ 덕이 있음/ 훌륭함/ 겸손함/ 사랑/ 동정심/ 자비심/ 박애/ 배려/ 성실함/ 정직함/ 관대함/ 불굴의 정신/ 끈기/ 완강함/ 만족/ 안심/ 안분지족/ 기분 좋음/ 활기참/ 두려움 없음/ 온순함/ 온화함/ 평온함/ 자기 통제력/ 중용/ 온건함

이른 아침은 사트바의 시간입니다. 명상하기에 적절한 시간이며, 조용히 마음을 가라앉히고 아침의 빛을 맞이할 수 있는 시간입니다.

깊은 잠을 취하고 상쾌한 아침을 맞이하다.

라자스

막을 수 없는 라자스로
흔들리는 세상.
일시적인 쾌락과
고통으로 가득하다.

रजस्

rajas-[라자스]
stimulating and mobile

격정적인 성질
산란한 성질

라자스는 산란한 성질로, 동요하기 쉽고 흥분을 잘하는 상태입니다. 마음의 평온함을 잃은 터라 신체적으로도 안정되지 못하고, 정신적으로도 불안정하여 집착이 강해지고 동요와 고뇌가 깊어집니다.

라자스란…

이동성/ 변덕/ 기분파/ 빨간색/ 녹색/ 인간성/ 의심/ 현세적/ 세속적/ 쉼 없음/ 동요/ 격동/ 흥분/ 불만/ 불쾌/ 성마름/ 쾌락 추구/ 세속 추구/ 육욕적/ 워커홀릭/ 물질주의/ 활발함/ 자극적/ 열정적/ 탐욕/ 갈망/ 축적/ 집착/ 애착/ 자부심/ 독단/ 자만/ 건방짐/ 오만/ 허세/ 화려함/ 부당/ 불공정/ 부정/ 불합리/ 경멸/ 모욕/ 중상/ 비방/ 미신에 흔들림/ 슬픔/ 대망/ 야심/ 야망/ 자만/ 경쟁/ 호불호 경향/ 극단/ 과도함

일을 하고 활동적으로 생활해야 하는 일상생활 속에서는 라자스가 우세해집니다. 그것이 나쁜 것은 아닙니다. 그러나 마음의 안정을 유지하면서 활동하고 일할 수 있어야 합니다.

활동은 중요하지만 과도한 자극은 파괴를 가져온다.

타마스

타마스 속을
헤매는 마음이여,
깊은 잠에서 깨어나
아침 빛에 눈뜨리.

तमस्

tamas-[타마스]
darkness

무기력하고 어두운 성질

타마스는 어두운 성질로, 게으르고 무기력해 수행을 하기 어려운 상태입니다. 우선, 타마스가 우세해지지 않도록 몸의 상태를 개선해야 합니다. 몸이 무거워 축 처지지 않도록, 태만한 상태에서 벗어나도록 노력합니다. 정신적으로도 무기력에 빠지지 않도록 어둡고 답답한 상태에 머물지 않도록 기분을 밝게 유지합니다.

타마스란…

침체/ 귀찮음/ 타성/ 무력/ 둔함/ 어둠/ 검은색/ 파란색/ 하강/ 환각/ 무지/ 오해/ 둔함/ 게으름/ 잠/ 사려 깊지 않음/ 불친절/ 망설임/ 심취/ 혼란/ 무질서/ 어리석음/ 망상/ 오해/ 혐오/ 악의/ 적의/ 한스러움/ 화남/ 공포/ 잔혹함/ 무모함/ 당혹/ 동요/ 이성의 부재/ 비합리/ 부주의/ 경솔/ 우둔함/ 느긋함/ 완고함/ 고집/ 사기/ 부정/ 꾸물거림/ 낙담/ 의기소침/ 저속함/ 천박함/ 비속함/ 비통/ 걱정/ 불안/ 병/ 고통/ 미움/ 폭력/ 부족/ 결핍/ 결함

다만, 밤에 잠을 이룰 때는 타마스가 우세해져도 좋습니다. 밤은 타마스가 우세한 시간입니다.

낮에는 생활에 활력을 불어넣고
밤에는 깊이 잠든다.

64

지성

내디디는 걸음걸음
단단한 대지를 느낀다.
나의 지성 앞에서
꽃이 핀다.

बुद्धि

buddhi-[붓디]
intellect·cognition

지적 활동을 하는 능력

붓디(지성)는 지성, 인식, 판별 등을 뜻하며, 마음의 작용 중 하나가 됩니다. 우리는 대상과 연결되어 그것을 인식함으로써 사리 판단을 할 수 있습니다.

요가를 표현할 때 흔히 쓰이는, 마차를 몰아 길을 달려가는 그림이 있습니다. 말은 다섯 가지 감각기관을 나타내고, 마차는 육체를 뜻합니다. 마차의 주인은 본래의 나(푸루샤)이며, 마부가 붓디입니다. 마차가 나아가는 길은 대상이며, 감각기관으로 이어진 외부 세계를 의미합니다.

마부(붓디)는 말을 제대로 몰아 앞으로 나아가야 합니다. 이때 마부와 말을 잇는 줄이 바로 요가(결합)입니다. 즉 요가는 실천입니다.

바르게 지각하고 판단하고 식별하는 데에는 훌륭한 지성이 필요합니다. 맑은 지성 말입니다.

사트바(순수한) 상태의 붓디는 라자스와 타마스의 속박에서 자유롭습니다.

순수한 지성이 인생을 밝게 비춘다.

65

사고

사색에 잠긴 저녁
깊은 한숨을 쉴 때도
삶을 향해 있는 사고는
내일의 궤적을 그린다.

मनस्

manas-[마나스]
mind

무언가를 하고자 하는 의사

본래의 나와 나라고 생각하는 몸을 구분하는 판차 코샤(다섯 겹의 몸)라는 개념이 있습니다. 겹겹의 덮개를 지나 본래의 나에게 다다를 수 있도록 다섯 겹의 몸을 구별하여 인식하고, 나로 착각했던 마음을 벗어냅니다.

첫째, 물리적 신체이자 음식으로 이루어진 겹(안나마야 코샤)을 위한 좌법, 정화법.

둘째, 생기의 겹(프라나야마 코샤)을 위한 호흡 조절법.

셋째, 마음의 겹(마노마야 코샤)을 위한 감각 제어법과 집중법.

넷째, 지성으로 이루어진 겹(비갸나마야 코샤)을 위한 요가의 지식.

다섯째, 지복으로 이루어진 겹(아난다마야 코샤)을 위한 명상법.

그리고 최종적인 수행과 삼매로 본래의 참나에 다다릅니다.

우리가 바라보는 현상 세계는 의식의 표현이라고 합니다. 마나스(사고, 思考)는 감각기관의 중추로, 욕망과 사념을 포함한 마음의 작용입니다. 이것을 조절하여 마음의 작용을 멈추고 순수한 의식에 이릅니다. 마음의 작용이 안정되어 대상에서 벗어나면 비로소 평정심을 이룰 수 있습니다.

나의 욕망과 생각으로 대상을 파악하는 순간
혼란이 시작된다.

시간

시간은
사계절을 관조하며
무한으로 날아오른다.
시인처럼.

काल

kāla-[칼라]
time

과거, 현재, 미래와 연속적으로
무한히 흐른다고 생각되는 것
혹은 시각과 시각의 사이

시간은 년, 계절, 달, 주, 일, 시, 분, 초와 같은 단위로 나뉩니다. 지구가 한 바퀴를 자전하면 하루가 지나고, 지구가 태양의 주위를 한 바퀴 공전하면 일 년이 지나갑니다.

시간은 인간이 만들어낸 개념이라고 하지만, 우리의 인생은 이미 시간에 속박되어 있습니다.

이 세상은 시간에 지배되어 노쇠와 죽음, 근심이 있는 유한한 세계이며, 인생은 주어진 시간이라고 할 수 있습니다. 우리는 저마다 다른 방법으로 주어진 시간을 보냅니다.

그러나 본래의 나, 그리고 자재신은 칼라(시간)에 한정되지 않는 존재이며, 우리는 시간에 속박되지 않는 상태를 지향해야 합니다.

초월적 세계는 시간에 지배되지 않는, 빛으로 가득한 청정한 영원, 무한한 세계입니다.

내게 주어진 시간을 동반자로 삼다.

기억

잊어서는 안 되는
기억이 있다.
잊어야만 살 수 있는
기억도 있다.

स्मृति

smṛti-[스므리티]
memory

기억하고 잊지 않는 것
과거에 받은 인상을 재생하는 작용

스므리티(기억)는 과거에 경험한 대상을 잃지 않는 것을 뜻합니다. 기억은 마음 작용의 하나이며, 고통의 원인이 되기도 합니다.

기술적인 기억은 우리가 살아가는 데 꼭 필요합니다. 그것을 잃으면 인지증이나 기억상실 등 생활에 큰 지장이 생깁니다. 그러나 잠재된 기억은 어떤 일을 행하거나 판단할 때 무의식적인 작용을 일으켜, 있는 그대로 보는 것을 방해하는 원인이 되기도 합니다.

어떤 대상을 보고 인식할 때 우리는 과거의 기억에 결부되어 평가하고 받아들입니다. 설사 그것이 좋은 기억이라 할지라도, 그 또한 무의식적인 마음 작용의 원인이 될 수 있습니다. 기억은 마음에 영향을 미치고 마음을 어지럽힙니다. 그러나 깊은 명상에 들면 기억이 사라져 더는 마음을 어지럽히지 않게 됩니다.

기회

미혹함에서

벗어날 때

지금이 바로 그때다.

기회의 문을 연다.

समय

samaya-[사마야]

opportunity · occasion

상황이 좋은 적당한 때, 시기, 경우, 계기

사마야(기회)란 곧 '바로 그때'입니다. 때를 놓치지 않기 위해 우리는 준비되어 있어야 합니다. 누구에게나 적절한 시기가 있습니다. 그것을 알아차리는 것입니다.

뭘 해봐도, 아무리 노력해도 원하는 대로 안 되는 시기가 있는 반면, 갑자기 시야가 트이면서 운이 열리는 시기가 오기도 합니다.

'바로 그때'를 포착하는 것….

'바로 그때'는 곧 인연이 성취되는 순간입니다.

자신의 욕망으로 다스릴 수 있는 일이 아니기에 발버둥질해도 아무 소용 없습니다.

여러 인연이 한순간 맞물려 비로소 이루어지는 것. 그것이 바로 기회의 때입니다.

기회를 놓치지 않도록 직관과 통찰의 힘을 갈고닦아둡시다.

잘 단련된 순수한 직관은 기회를 알아본다.

미래

미래라는 선물을 받았다.
그 속에
불안과 기대의 답이
담겨 있다.

अनागत

anāgata-[아나가타]
future

아직 도래하지 않은 때

오늘의 내가 어제까지의 나, 과거의 나의 결과이듯, 아나가타(미래)는 오늘의 내가 지내는 방식, 살아가는 시간의 결과로 나타납니다.
요가는 고통을 극복하기 위해 개발된 수행법입니다. 요가를 수행함으로써 아직 일어나지 않은 미래에 대한 걱정에서 벗어납니다.
과거는 바꿀 수 없지만 현재는 바꿀 수 있습니다. 우리의 생각과 행동이 우리의 미래를 만들어갑니다.
과거가 힘들고 고통의 연속이었다 할지라도 그것을 뛰어넘는 오늘이 있기를 바랍니다.
오늘의 내가 내일의 나를 만든다고 생각하고 평화를 바라보며 오늘을 살아냅시다.

미래에 대한 불안은 실체 없는 망상이다.

다르마

동쪽 하늘의 해돋이
서쪽 하늘의 노을
다르마를 벗으로 삼아
순리대로 살아간다.

धर्म

dharma-[다르마] established order·
law·duty·form·quality

법칙. 올바른 가르침

인도 철학에서는 인생의 목적을 다르마(종교적 의무), 아르타(부와 재산), 카마(성애), 모크샤(윤회로부터의 해탈) 등 네 가지로 봅니다.

다르마에는 여러 의미가 있습니다. 누구라도 인정할 만한 도리, 세상의 질서를 유지하는 힘을 가진 것, 인간으로서 지켜야 하는 행위, 진리와 평안에 다다르는 바른 행동, 삶의 의무나 종교적 의무… 혹은 물질의 형태나 성질을 의미하기도 합니다.

형태와 성질은 항상 변화합니다. 그것을 인식하는 것이 곧 '다르마'라고도 하지요. 무상無常을 아는 것. 무상에 따라 살아가는 것. 매일매일 변화하는 일상에 마음 휘둘리는 일 없이 생활하는 것입니다.

무상을 인식하고 평정심을 유지하며 정성을 다해 주어진 다르마를 수행합니다.

인생의 무상함을 마음에 새기고 산다.

추론

'나는 누구인가'라는
추론은 무의미하다.
'나는 누구인가'라는
통찰이 필요할 뿐.

अनुमान

anumāna-[아누마나]
reasoning · inference

명확하지 않은 것을 이미 아는 것으로부터
판단하여 결과를 도출하는 것

마음 작용의 하나로 프라마나(정확한 지식)가 있습니다. 프라마나에는 첫째, 직접 경험에 따른 지식, 둘째, 추론에 의한 지식, 셋째, 성스러운 가르침(경전)에 바탕한 지식 등 세 가지가 있습니다.
아누마나(추론)란 직접 인지할 수 없는 것을 이미 인지한 지식을 전제로 추측하여 도출하는 것을 이릅니다.
아누마나에는 과거의 사건을 대상으로 한 추론(숙취로 고생하는 사람을 보고 어제 과음했다고 짐작함), 현재의 상황에 기반한 추론(피어오르는 연기를 보고 불이 났다고 짐작함), 미래의 사건을 대상으로 한 추론(씨앗을 보고 훗날 싹을 틔울 것임을 짐작함)이 있습니다.
또한, 원인에서 결과를 추론(먹구름을 보고 비가 내릴 것을 짐작함)하기도 하고, 결과에서 원인을 추론(젖은 땅을 보고 비가 왔음을 짐작함)할 수도 있지요.
일상을 살아가며 우리는 갖가지 추론을 합니다. 추론이란 사실과 다를 수도 있으며, 실체가 없는 것임을 알아차립니다.
선부른 추론으로 마음이 흐트러지지 않도록.

추론이라는 도박 끝에 헝클어지는 마음과 삶.

72

직관

잡념을 지우고
자연에 몸을 맡겨
직관이 이끄는 길을
따라간다.

प्रतिभा

pratibhā-[프라티바]
plenary inspiration · intuition

판단이나 추론을 통하지 않고
대상을 직접 경험하여 파악하는 것

요가를 수행하면 직관이 꽃핍니다. 특별한 집중적 수행(집중, 명상, 삼매)으로 번뜩이는 직관력이 샘솟습니다.

우리는 눈에 보이는 모든 것을 판단하고 분석하며 살아가지만, 그 판단이나 분석이 때로는 사물을 있는 그대로 바라보는 것을 방해합니다. 즉, 속단의 늪에 빠지게 됩니다.

샤우차(청정의 규율)를 지킴으로써 심신이 정화되고 정신 집중이 가능해집니다. 감각을 다스릴 수 있으며 본래의 나를 직관할 수 있는 적응성이 나타납니다.

진리를 얻어 요가의 최종 단계, 즉 평안함을 얻어 다다르는 것, 이것이 바로 프라티바(직관)입니다.

꿈

진흙탕에서 잠든 밤
달빛이 쏟아질 때
새벽녘 꿈결에서
아름다운 연꽃이 피어난다.

स्वप्न

svapna-[스와프나]
dream

수면 중, 뇌에 보호된 과거의 경험, 기억이
자발적으로 일으키는 활동
대개 시각적 성질을 동반하는 정신 현상

스와프나(꿈)는 수면 중에 일어납니다. 니드라(잠)는 마음 작용의 하나로 여겨지며, 수면은 타마스에 기반한 마음의 작용입니다. 니드라의 상태에서는 꿈을 꾸는 것 같은 마음의 작용이 일어나지 않습니다.

우리는 더러 무서운 꿈을 꾸거나 악몽에 시달립니다. 꿈을 꾸는 것만으로 마음이 산란해집니다. 그럴 때면 라자스가 우세해집니다.

꿈속에서 아름답게 피어나는 연꽃을 보고, 조용히 내리비치는 달빛, 아름다운 신을 경배하는 경험을 한다면 그것은 사트바가 우세해졌음을 의미합니다. 사트바를 찾아 마음을 연결함으로써 마음을 안정시킬 수 있습니다.

또한 깊은 잠을 자고 깨어났을 때의 맑은 마음, 그 맑음을 유지하며 평온한 마음을 부동의 상태로 이끄는 집중의 수단으로 활용하는 것도 좋습니다. 깊은 잠 후의 맑은 정신도 사트바의 상태입니다.

꿈의 속삭임을 통해 우세한 속성이 드러난다.

74

실재

천변만화하는
세상의 모습들.
나타났나 싶다가도
순식간에 사라지는 본모습.

तत्त्व

tattva-[탓트와]
reality · essence

실제로 존재하는 것
객관적으로 존재하는 것

탓트와(실재, 實在)는 사실, 원리 등을 뜻합니다.

탓트와는 이 세상에 존재하는 모든 것을 나타냅니다. 인도 여섯 학파 철학 중 하나인, 요가학파에 영향을 준 상키야 철학에서는 탓트와를 다음과 같은 스물네 가지로 구성하고 설명합니다.

프라크리티(물질적 원리), 붓디(지성), 아항카라(자아의식), 마나스(사고), 갸나 인드리야(다섯 가지 감각기관으로, 눈, 귀, 코, 입, 피부)와 카르마 인드리야(다섯 가지 행위 기관으로, 발성기관, 손, 발, 항문, 생식기), 탄마트라(다섯 미세 요소로, 색, 소리, 향, 맛, 촉감), 부타(다섯 물질 요소로, 땅, 물, 불, 바람, 공기).

이 같은 객관적 세계와 푸루샤(참나)를 식별하는 것이 요가입니다. 탓트와(실재)에 있어 사트(참존재)는 불변의 진리, 영원한 존재, 진리를 뜻합니다.

눈앞의 세상을 바라보되 현상에 휩쓸리지 않는다.

75

참나

공론의 길 위에서
문득 상념을 떨치고
'참나'라는
목표를 향해 나아가리.

आत्मन्

ātman-[아트만]
Self · soul · peculiarity

참자아. 개별 의식
진아. 영혼. 특질

아트만은 영혼이나 참자아를 뜻하는 말로, 브라만(우주적 의식)과 같은 것으로 설명하기도 합니다. 본래는 '숨'을 의미했는데, 그것이 영혼이 되고, 마음과 지성 등을 일컫게 된 것이지요.

에고ego와 참나의 다른 점을 인식하고 현실을 경험함으로써 고통을 알아차릴 때, 비로소 그 고통의 세계에서 벗어날 수 있습니다.

몸과 입과 마음을 깨끗이 하고 스스로 정화되었을 때 내 안의 타마스와 라자스가 사라집니다. 그렇게 순수한, 마음과 기분이 맑아진 상태가 되면 정신을 집중할 수 있습니다. 감각기관을 조절하는 것이 용이해지고, 마침내 본래의 아트만(참나, 《요가수트라》에서는 '푸루샤'로 표현합니다)을 직관하는 요가(결합)가 일어납니다.

아트만에 다다르면 자신에 대한 상념을 떨칠 수 있습니다. 자기 자신에 대한 고통이 사라진 상태가 되는 것이지요. 그것은 곧, 본래의 자신과 세속의 자신을 확연히 구분하는 일이자 요가 수행의 궁극적인 목적으로 여겨집니다.

상념의 늪에 빠져 나아가지 못하는 내가 있다.

브라만

세상을 품은

영원한 브라만.

그 빛의 바다에서

무수히 반짝이는 파도.

ब्रह्मन्

brahman-[브라만]

the one and the only Supreme Reality

최고의 원리. 지고의 존재

세계의 근원적 창조 원리

만물의 근본 원리를 '브라만'이라 부릅니다. 브라만은 또한 우주의 근본을 이루는 원리이자 위대한 존재라고도 불립니다. 브라만과 아트만은 둘이 아니라 하나라고 하여 '범아일여梵我一如'라 이릅니다. 이는 인도 철학 특유의 사상입니다.

'옴 타트 사트(브라만은 진실이다/ 모든 것이 브라만이다)'라는 만트라가 있습니다. 절대 경지와 합일할 수 있는, '범아일여'에 이르는 만트라입니다.

'소함'이라는 만트라도 있습니다. '사하(우주의 의식)'와 '아함(진실의 나)'은 하나라는 의미로 '사하'와 '아함'을 연달아 욀 때 '소함'이 됩니다.

숨을 들이쉬며 '소(우주의 의식)'를 마음속으로 외어 우주의 에너지를 내 안에 들입니다. 숨을 내쉬며 '함(진실의 나)'을 마음속으로 외어 우주의 에너지 속에 진실의 나를 녹아들게 합니다. 이는 우주의 의식과 나의 의식을 하나로 연결하는 만트라 호흡법이자 만트라 명상법입니다.

지복

기쁨에 들끓는

세상의 시간.

지복으로 잠잠해지는

나의 시간.

आनन्द

ānanda-[아난다]

bliss

지고의 행복. 환희

변하지 않는 행복

아난다(지복)는 일시적인 기쁨이나 쾌락과는 다릅니다.

인간은 누구나 즐거움을 추구하고 쾌락을 갈망합니다. 그러나 이것은 보고, 듣고, 냄새 맡고, 맛보고, 만지는 등 감각기관에 의해 일어나는 쾌락으로, 그 이면에는 고통이 자리합니다. 경험은 기억으로 남아 우리는 다시 같은 쾌락과 기쁨을 경험하기를 바라고 의존하게 됩니다.

그러나 쾌락은 일시적인 것이며, 영원히 지속되지 않습니다. 같은 희열을 얻지 못할 때 우리는 불만족을 느끼거나 의기소침해지고 고통받습니다. 쾌락에 대한 의존이 커지면 중독이 됩니다.

진정한 행복은 욕망의 충족이 아닌, 본래의 나, 즉 참나에 이르는 것입니다. 욕망의 만족을 높이는 대신 정신의 힘을 강화하여 감각기관의 쾌락에 지배되지 않는 상태를 이룹니다. 아난다는 절대적인 평화 속에서 발견될 수 있습니다.

아난다는 일시적 쾌락으로는 다다를 수 없는
영원한 행복이다.

78

빛

우주를 가득 채운 빛.
비추어진 진리가
내면에 스며들어
찬란히 반짝인다.

आलोक

āloka-[알로카]
light · illumination

빛, 반짝임

암흑의 시간, 마음이 어두워지고 불안해져 빛을 찾을 수 없는 나날이 있습니다.

상야마(집중, 명상, 삼매)를 수행하고 습득한 끝에 높은 마음 상태에 다다르면 지혜가 빛나고, 그 빛에 밝혀진 진실을 알 수 있습니다.

인도 철학에서는 이 세상에 세 가지 알로카(빛)가 존재한다고 이야기합니다.

첫째, 이 세상의 빛. 그 빛은 어둠을 내몰고 세상을 밝게 비춥니다.

둘째, 내면의 빛. 그 빛은 정신적 작용이며, 그 빛이 내면을 환히 밝힙니다.

셋째, 말(언어)이라는 빛. 이것으로 만물에 빛을 전합니다.

꼭 알아야 하는 것, 배워야 하는 것을 확실하게 인식하는 것. 몹시 미세한 것이나 외진 곳에 숨어 있는 것, 아주 멀리 있는 것도 빛을 비추면 알아볼 수 있습니다. 빛으로 말미암아 직관의 지혜를 얻을 수 있도록 노력합니다.

79

식별

깊은 밤에 잠긴
침묵의 숲.
고독한 순례자는
빛과 어둠이 다름을 안다.

विवेक

viveka-[비베카]
discrimination

구별하는 것

우리가 괴로운 것은 비베카(식별)의 능력이 없기 때문이라고 여겨집니다. 진실이 아닌 것과 진실한 것, 변하는 것과 변하지 않는 것, 유한한 것과 무한한 것, 일시적인 나(몸과 마음)와 본래의 나(참나)… 이들이 서로 다름을 아는 것이 비베카(식별)입니다.

비베카의 지혜는 모든 것을 이해할 수 있는 직관의 지혜이며, 이를 통해 우리는 시간이나 공간과 같은 속박에서 해방되어 자유롭게 초월할 수 있습니다.

요가 수련으로 스스로를 정화하고, 집중, 명상, 삼매를 통해 지혜의 빛이 밝게 빛나면 비베카가 생겨납니다.

식별의 지혜로 올바른 판단의 길을 열다.

80

지혜

허상을 벗어나
진리를 찾아가는 길.
지혜가 이끄는 대로
지고의 영혼을 향하여.

प्रज्ञा

prajñā-[프라갸]
wisdom

뛰어난 지혜
지식을 얻기 위한 정신 활동

요가에서 말하는 프라갸(지혜)란, 눈앞에 있는 사물을 알아차리고 분석하고 판단하는 지혜가 아닙니다. 프라갸는 보다 깊고 위대한, 세상 만물을 파악하는 지혜를 뜻합니다.

지혜는 희로애락에 미혹되는 어리석음을 인식하고, 인생을 보다 확고하게 통찰하며 진실을 꿰뚫어보는 힘입니다. 비베카(식별)를 얻은 요긴에게는 일곱 단계의 지혜가 나타난다고 합니다.

첫째, 모든 물질적인 것은 고통을 동반함을 인식한다.

둘째, 고통이 제거된다.

셋째, 삼매를 통해 해탈을 직접 인식한다.

넷째, 해탈의 수단이 되는 식별의 지혜를 얻는다.

다섯째, 마음이 그 임무를 완수한다.

여섯째, 구나(속성)의 작용이 정지된다.

일곱째, 영혼은 그 자체로 돌아간다.

평정심은 지혜에서 비롯된다.

성취

새 달이 떠올라
보름달로 차오르듯
미완에서 완성으로 향하는
성취의 여정.

सिद्धि

siddhi-[싯디]
accomplishment · extraordinary powers

목표를 달성함
뜻을 이루는 것

싯디에는 뜻을 이룬다는 의미와 더불어 초자연적 성취라는 의미가 있습니다.

고행의 계율을 지킴으로써 몸과 마음이 정화되고, 신체와 감각기관에 초자연적 능력이 깃든다고 합니다. 그것은 상야마(집중, 명상, 삼매)로 이뤄지는 것이기에 번뜩이는 직관, 초자연적 청각, 촉각, 시각, 미각, 후각 등을 포함합니다.

다양한 싯디는 타고나기도 하고, 약초, 주문, 고행, 삼매로 생겨난다고도 합니다

그러나 싯디에 집착하거나 싯디를 과시하는 것은 수행에 걸림돌이 됩니다. 싯디에 사로잡히지 않아야 합니다.

싯디를 성취, 완성이라는 의미로 해석할 때, 인간의 싯디는 정신적 자유를 얻는 것입니다. 본래 인간은 자유롭고 완전한 정신적 존재이기 때문입니다.

82

해탈

시간과 공간에 속박된
옷을 벗어던지고
시간과 공간을 초월한
유구한 평안을 이루다.

अपवर्ग

apavarga-[아파바르가]
liberation

번뇌의 속박에서 벗어나
고통에서 해방되는 것

아파바르가(해탈)는 혼돈의 세계에서 해방되어 자유자재의 경지에 이르는 것입니다. 그것은 자아의식을 완전히 초월하는 것이기도 합니다.

해탈의 과정에서 우리는 무지(본래의 자신과 그렇지 않은 것을 혼동하는 그릇된 인식)를 제거하게 됩니다.

자신에 대한 집착, 타자나 물질에 대한 강한 집착, 혐오감이나 질투, 생에 대한 집착 등이 무지에서 시작됩니다. '고통' 또한 그릇된 인식에서 생겨납니다.

잘못된 신체적 활동, 언어적 활동, 정신적 활동을 벗어던집니다. '삶'이 곧 '고통'이라는 냉혹한 현실을 마주하고, 윤회에서 벗어나는 것을 목표로 합니다.

그것은 근심, 슬픔, 고통을 초월한 세계이자 정신의 원리만이 독존하는 상태, 해탈에 이른 경지입니다.

고통에 짓눌리지 않는 존재가 된다.

83

부동

홀로 평화로이

부동의 자세로 앉는다.

홀로 고요히

부동의 마음으로 명상한다.

स्थैर्य

sthairya-[스타이리야]

stability

움직임이 없는 것. 움직이지 않는 것

평온함과 확고함

스타이리야(부동)란 정신이 흐트러지지 않은 확고한 상태를 의미하며, 마음의 혼란과 시시각각 변하는 고통, 고뇌, 쾌락 등이 소멸했을 때 나타나는 진리의 모습, 정지된 상태를 말합니다. 또한 진리를 거스르지 않는 것을 이르기도 합니다.

정신을 안정시키기 위해 스타이리야의 길을 결심합니다.

우리의 마음은 외부 세계의 영향을 받아 동요합니다. 그러나 참된 나는 외부의 어떠한 영향도 받지 않으며, 세상을 이루는 구나(속성)인 사트바나 라자스, 타마스의 영향도 받지 않습니다. 구나는 어느 것이 우위에 있느냐에 따라 변화합니다.

호흡이 흐트러지면 마음이 흐트러지고, 안정된 자세로 앉지 못해 몸이 흐트러지면 마음이 산만해집니다. 부동의 자세로 앉아 흔들림 없이 호흡하면 마침내 마음의 작용이 멈추고 본디 지니고 있던 빛이 드러납니다. 요가 수행(집중, 명상, 삼매)으로 견고한 부동의 자세를 다져봅시다. 요가는 마음의 작용을 멈추는 것입니다.

참된 나는 외부의 영향을 받지 않는다.

84

독존

거친 바람 속에서
깨어난 이가
조용히 말했다.
"그저 혼자 걸어가라."

कैवल्य

kaivalya-[카이발리야]
absolute oneness

완전히 독립된 존재
궁극의 지복

카이발리야(독존)는 요가가 지향하는 궁극적인 목표입니다. 카이발리야에 도달하려면 오랜 수행이 필요합니다.

독존에 이르려면 우선 무지를 없애야 합니다. 무지는 번뇌의 원인으로, 다른 번뇌, 즉 아상, 탐욕, 혐오, 생존욕의 원천이 됩니다. 그것은 무상(無常, 변화하는 것)을 상(常, 변하지 않는 것)으로 생각하는 것, 부정(不淨, 더러운 것)을 정(淨, 깨끗한 것)으로 생각하는 것, 괴로움을 즐거움으로 생각하는 것, 내가 아닌 것을 진정한 나로 생각하는 것입니다.

무지에서 해방될 때 우리는 독존에 도달합니다. 사리사욕에서 벗어나 청정한 상태가 되어 본래의 자신과 그렇지 않은 것을 식별하는 비베카의 지혜를 얻음으로써 독존에 다다릅니다.

독존이란 푸루샤(참나, 근본 원리)가 프라크리티(물질세계, 물질 원리)에 얽매이지 않고 독립적으로 존재하는 것을 말합니다.

완전한 해방을 향해 홀로 걸어가라.

산스크리트어와 나

'산스크리트'라는 언어를 처음 만난 건 초등학생 시절이었습니다. 아버지의 책장에 꽂힌 《산스크리트어》라는 제목의 책을 통해서였지요. 그게 뭔지 알지도 못하면서 같은 반 친구들에게 '있잖아, 산스크리트어라는 말이 있는데…' 하고 자랑 삼아 말하던 저는 조금은 '이상한' 어린이였는지도 모릅니다.

그로부터 10년이 넘게 '산스크리트어'를 잊고 살았습니다.

대학에 진학하여 당시 동양철학을 전공하던 남자친구의 '오늘 산스크리트어 수업이 있어'라는 말에 '아, 산스크리트어!' 하고 새삼 떠올렸을 정도였지요.
저는 미술을 전공하는 학생이었지만, 남자친구에게 산스크리트어 사전을 건네받아 팔랑팔랑 펼쳐본 기억이 납니다. 그럼에도 당시 저에게 '산스크리트어'는 멀고도 먼 존재였습니다.
대학을 졸업하고, 모두의 예상과 달리(이야기를 하자면 좀 길어지니 생략할게요) 불교 대학원으로 진학했습니다. 지도 교수님은 학생들에게 이렇게 말씀하셨습니다. "산스크리트어는 필수 과목이다!"
아, 산스크리트어. 그렇게 산스크리트어가 제 삶 속에 다시 등장했습니다.
어두운 연구실에서 난해하기로 소문난 산스크리트어에 묻혀 한 문장씩 해석하노라면 어느새 새벽 동이 트던 나날. 대학 시절 친구들이 선을 보고 결혼 상대를 찾는 동안에도 저는 산스크리트어 단어 하나하나의 의미에 매달렸습니다. 그런 제게 친구들은 '산스크리트어가 인생에 무슨 도움이 된다고 그래? 네 인생도 생각해야지. 그렇게 허송세월하다가 어쩌려고 그래?'라며 핀잔을 늘어놓곤 했습니다.

'산스크리어트어를 공부한들 삶 속에서 써먹을 날이 오기나 할까?' 더러는 저 역시 의심했습니다. 그러는 동안에도 연구실 창밖으로 저녁놀이 들고, 밤이 찾아오고, 하루하루가 흘러갔습니다.

대학원을 수료하고, 출판사의 편집자가 된 뒤로는 더 이상 산스크리트어를 생각할 일이 없었습니다. 그랬는데… 인생이란 정말 한 치 앞도 모를 일이더군요(이 또한 말하자면 이야기가 길어집니다만). 불쑥 떠난 인도에서 머물렀던 요가 수련원, 그곳에서 처음으로 들었던 환영의 말이 산스크리트어로 부르는 '만트라'였으니까요.

'아, 산스크리트어다!'

그 아름다운 울림에 저도 모르게 눈물이 차올랐습니다.

《요가수트라》와 나

살아가는 동안 마음속에 품은 일종의 신조가 있다면, '내키지 않더라도 각기 다른 세 사람이 권한다면 한번 해보자!' 하는 것이었습니다.

《요가수트라》를 처음 만난 건 30년도 훨씬 전의 일이지만,

그것을 이해하기란 결코 쉽지 않았습니다.

인도의 요가 대학에서 공부하려면 반드시 《요가수트라》 과목을 이수해야 하는데, '《요가수트라》를 산스크리트어로 암기해오라'는 것이 수업 첫날 과제였습니다. 그리고 마침내 찾아온 졸업식 날, 교수님은 제게 '귀국하면 당신 나라의 말로 《요가수트라》의 주역서를 써보세요' 하고 권했습니다. 당시의 저는 당치 않은 일이라고 손사래를 쳤지만요.

공부를 마치고 인도를 떠나기 전, 귀국 인사를 하러 다른 교수님들을 찾아뵈었습니다. 개인 지도를 맡아주신 연구 교수님 역시 "귀국하거든 여기서 배운 《요가수트라》를 모두에게 널리 알려보세요"라고 권했습니다. 그때도 저는 마음속으로 말도 안 되는 일이라고 일축했습니다.

그런데, 귀국한 지 얼마 지나지 않아, 한 제자가 찾아와 마음을 다해 자신의 꿈 이야기를 해주었습니다.

"꿈을 꿨는데, 꿈속에 나타난 요가 수행자께서 '아카네 선생을 찾아가 《요가수트라》 강의를 해주십사 부탁하십시오'라고 말하지 뭐예요!"

"뭐라고요?"

귀신에라도 홀린 듯한 기분이었습니다. 한편으로는 '같은 이야기를 내게 세 사람이 한다고?'라고 생각했지요.

그리하여 저는 작은 스튜디오를 꾸려 《요가수트라》 클래스를 열게 되었습니다. 하지만 혼자 《요가수트라》 강의를 하는 것은 아무래도 힘에 겨운 일이었어요. 결국 저는 강의를 한다기보다 스튜디오에 모인 사람들과 함께 《요가수트라》를 통해 '마음과 몸에 대한 이야기'를 생각해보는 시간을 갖기로 했습니다.
그 시간들이 곧 '나 자신의 마음을 아는 것', '나 자신을 이해하는 것'으로 이어진다고 생각합니다. 《요가수트라》의 산스크리트어는 지금보다 나은 삶을 위해 나를 굳건하게 지지해주고 있으니까요.

《언어의 요가》와 나

우리는 언어로 책을 읽고, 시를 쓰고, 대화를 나누고, 노래를 부릅니다. 가끔은 머릿속에서 말장난을 하며 우스갯소리를 하기도 하지요.
여행을 할 때는 가능한 한 현지의 언어를 쓰고 싶어서 그 나라의 말을 미리 공부하곤 합니다. 그런 의미에서 '말'은 언제 어디서든 인생을 즐겁게 해주는 중요한 기술입니다.

그러나 요가의 말은 나에게 좀 더 진지한 것으로 다가옵니다. 인생을 요가적으로 생각하고 해석하기 위한 중요한 지표가 되어주니까요.
일상생활에서도 요가라는 '필터'를 통하면 복잡하기만 한 세상이 단순하게 정리되고, 눈앞의 욕망에서 벗어나 사물의 본질을 통찰할 수 있게 됩니다.
'이 세상이 생각만큼 꽃동산일 리가 없어'라고 이야기하는 사람도 있고, '모두가 그렇게 공정하게 생각할 리가 없어. 그러니 요가적인 삶이란 어불성설이야!' 하고 생각하는 사람도 있겠지요. 그럼에도 우리는 평화롭게 살고 싶고, 자유롭게 살아가고 싶어합니다. 그런 의미에서 저는 요가를 수련하는 사람이라면 '요가'라는 별에서 '요가의 말'을 하며 살아가고 있다고 생각합니다.
요가의 말들은 항상 우리와 함께하면서 '비폭력을 지키자', '욕망에서 벗어나자', '가진 것에 만족하자'와 같은 삶의 지침을 속삭여줍니다.
일상에서 사용하는 말과 같더라도 요가에서는 그 의미가 달라지는 경우도 있습니다. '사랑', '행복', '경험' 등은 자아를 만족시키는 것이 아닌 자아로부터 벗어나는 것을 의미합니다. '자기애'나 '자기만족', '자아과잉'으로 살고 있지는 않은

지 돌아보게 해줍니다.

물론 아직은 멀게만 느껴지는 '브라만', '해탈', '독존' 같은 말들도 있습니다. 마치 마법의 주문처럼 수수께끼로 가득 찬 그 말들을 동경하며 바라봅니다.

요가의 말은 신성하고 강력합니다. 그 '언어의 요가'가 우리의 영적 성장을 이끌어줄 것입니다.

마치며

•

기원전부터 사람들은

고통을 극복하는 방법을 탐구하고 실천해왔습니다.

마음의 평화를 찾는 방법이자 삶의 지혜를

'수트라(경전)'로 엮어 전한

선조 요긴들께 감사드립니다.

요가에서 쓰이는 말의 의미를 알고

보다 평화롭고 자유롭고 행복해지는 것.

언어의 빛이 우리 삶을 밝혀주고

나아갈 길을 알려줍니다.

당신에게 《언어의 요가》가

늘 손 닿는 곳에 두고 펼쳐보는 책이 되기를 바랍니다.

옴 샨티 샨티 샨티.

참고문헌

《고지엔 사전(広辞苑)》 신무라 이즈루 편저, 이와나미쇼텐, 1955
《신초국어사전, 현대어 및 고어(新潮国語辞典: 現代語・古語)》 히사마쓰 센이치, 신초샤, 1965
《실용 산스크리트어 사전(A PRACTICAL Sanskrit Dictionary)》 앤서니 멕도넬, 옥스퍼드 대학교 출판부, 1954
《요가 코샤(YOGA KOŚA)》 카이발리야다마 연구원, 1972
《불교언어사전(佛教語大辞典)》 나카무라 하지메, 도쿄쇼세키, 1981
《기본 산스크리트어 사전(基本梵英和辞典)》 바라트 부샨 비디야란카, 아닐 비디야란카, 이와오 나카지마, 도호출판, 1999
《요가 백과사전(ENCYCLOPEDIC DICTIONARY of YOGA)》 게오르그 포이에르슈타인, 언윈, 1990
《파탄잘리의 요가수트라(PATANJALI'S YOGA SUTRAS)》 카이발리야다마 연구원, 1986
《종교신비주의(宗教神秘主義)》 기시모토 히데오, 다이메이도, 1958
《요가 근본 교리(ヨーガ根本教典)》 사호다 쓰루지, 히라카와 출판, 1973
《브라만교전 원시불경(バラモン教典 原始仏典)》 세계의 명저 1, 주오코론샤, 1979
《해설 요가수트라(解説 ヨーガ・スートラ)》 사호다 쓰루지, 히라카와 출판, 1983

《고전 인도 언어철학 1(古典インドの言語哲学1)》 바르트리하리, 헤이본샤, 1998
《요가, 불멸과 자유(エリアーデ著作集 ヨーガ)》 미르체아 엘리아데, 세리카 쇼보, 1987
《통합 요가(インテグラル・ヨーガ)》 스와미 사치다난다, 메루쿠마루, 1989
《요가와 상키야 철학(ヨーガとサーンキヤの思想)》 나카무라 하지메, 슌주샤, 1996
《라자 요가(ラージャ・ヨーガ)》 스와미 비베카난다, 일본베단타협회, 1997
《요가경전 상하권(ヨーガ経註　上巻・下巻)》 혼다 메구미 역, 헤이라쿠지 쇼텐, 2007
《현대인을 위한 요가수트라(現代人のためのヨーガ・スートラ)》 그레고르 마엘, 가이아북스, 2009
《요가수트라, 파탄잘리 철학의 정수(ヨーガ・スートラ パタンジャリ哲学の精髄)》 아닐 비디야란카, 도호출판, 2014
《친절하게 배우는 요가 철학, 요가수트라(やさしく学ぶYOGA哲学 ヨーガ・スートラ)》 무카이다 미오, 언더더라이트요가스쿨, 2015
《그림으로 보는 요가수트라(図説ヨーガ・スートラ)》 이토 다케시, 슌판신샤, 2016

언어의 요가

1쇄 찍은날 2024년 7월 19일
1쇄 펴낸날 2024년 7월 26일

글 아카네 아키코
옮김 한귀숙
감수 김서진
디렉터 이승희
디자인 즐거운생활

펴낸곳 버터북스
출판등록 제2020-000039호

이메일 butterbooks@naver.com
인스타그램 @butter__books
페이스북 butterNbooks

ISBN 979-11-91803-31-0 03830
책값은 뒤표지에 있습니다.

버터북스는 '내 친구의 서재'의 임프린트입니다.

잘못된 책은 구입하신 서점에서 바꾸어드립니다.